拍案驚奇

管家琪◎改寫
凌濛初◎原著　蔡嘉驊◎圖

作者的話

強調戲劇感的古典白話小說

《拍案驚奇》的作者是凌濛初（西元1580-1644），浙江人，官至徐州通判。他是一位生活在明朝末年的文學家，早年工詩文，後致力於小說和戲曲創作。明朝末年，李自成圍城的時候，凌濛初嘔血而死，享年六十四歲。

中國古代白話短篇小說，與長篇小說一樣，也是以唐、宋、元三朝以來說話人的話本為淵源，特點在於能夠比較真實的反應當時老百姓的生活百態。明末的「三言」和「二拍」則是宋、元、明以來流行話本的改寫和結集，是當時最能代表白話短篇小說成就的作品。

所謂「三言」，指的是明天啟年間馮夢龍（西元1574-1646）的三本著作，分別是《喻世明言》、《警世通言》以及《醒世恆言》，因為書名中都有一個「言」字，所以稱為「三言」，而所謂「二拍」就是凌濛初的《初刻拍案驚奇》和《二刻拍案驚奇》，這也是凌濛初一生的代表作，尤其是《初刻拍案驚奇》；以今天的說法，「二刻」就像是「第二集」，就是說故事內容不同，但表現手法和形式則非常近似。

《初刻拍案驚奇》一共有四十篇小說，每一篇都是獨立的，每一篇作品中往往又都包含了幾個篇幅不一、但旨意相同的故事。此外，凌濛初很喜歡用一些詩文和俗語來表現故事精神，達到畫龍點睛的效果。

就藝術成就而言，馮夢龍的「三言」當在凌濛初的「二拍」之上，但因為凌濛初頗費心力在蒐集、強調「驚奇」的效果，所以書中的故事，情節往往比較曲折，戲劇感也比較強，所以還是有不少擁護的讀者。當然，書中露骨的情色描寫以及過分宣揚迷信、宿命等思想，也一直招致很多的批評。

這本少兒版的《拍案驚奇》就是根據《初刻拍案驚奇》，從中挑選了十四個故事改寫而成。特別要說明的是，有些故事裡所表現的價值觀甚至是社會現象都有其時代背景，出現在這本少兒版中只不過是為了尊重原著，並不代表我們就是認同這樣的作法（譬如「買官」的情節），別忘了明朝末年距離今天都已經三百多年了。

目錄

1 海外奇遇

萬事分已定，浮生空自忙。

明朝成化年間，有一個蘇州人，姓文名實，字若虛。家境不錯，生來又心思慧巧，不管學什麼都是一學就會。在他小時候，曾經有算命的說他將來長大以後會是一個巨富，而他自恃頗有才能，年紀稍長以後，不大願意吃苦，就這麼坐吃山空，不知不覺幾乎就把祖上傳下來的家產揮霍殆盡，這才意識到這樣下去不是辦法。這時，他看別人經商，利潤頗豐，便也思量著不如也去做做生意，重新累積財富，然而卻是做什麼虧什麼，運氣簡直是壞到了極點，因此讓他多了一個「倒運漢」、也就是「倒楣鬼」的外號。這樣沒過幾年，文若虛就把家產差不多都敗光了，連娶妻子的錢也沒有。

幸虧他為人忠厚，又是見過些世面的人，言語不俗，朋友們都滿喜歡他，有什麼事都喜歡叫上他。

有一天，文若虛聽說有四十幾個人將一起出海經商，為首的名叫張大，秉性豪爽，便暗忖道：「我一生落魄，不如跟他們一起去航海，看看海外風光，也不枉此生。張大向來熱心助人，應該會幫我的。」

果然，張大非常爽快的說：「你若跟我們一起去，大家成天在船中說說笑笑，日子一定會過得輕鬆許多。」

張大不僅同意文若虛想要同行的要求，看文若虛兩手空空，而別人可是都帶了貨物準備要到海外去賣，還好心的表示要找幾個朋友湊一點本錢給文若虛，讓他隨便買一點什麼東西帶著，好歹也有個出海經商的樣子。

就在張大為文若虛去籌本錢的時候，文若虛在街頭閒逛，正巧碰到一個瞎了眼的算命先生，一時興起，就請算命先生卜上一卦，問財氣如何。

「不得了！」算命先生說：「此卦真是非同小可，財氣非凡哪！」

文若虛聽了，卻嗤之以鼻的想道：「真是瞎說！現在我連本錢都要別人相助，出海只不過是玩玩罷了，哪會有什麼了不得的財氣，這算命先生也太會唬人了吧！」

算命先生的吉言，文若虛全然不放在心上。

這時，張大回來了，一臉不悅的說：「真是的，這些人啊，聽到你要同行，沒有一個不高興，可是聽到要幫你湊本錢，就一個個都不吭聲了，這裡是我跟兩個交情特別好的弟兄幫你湊的一兩銀子，也辦不成什麼貨，你就隨便買點果子之類帶在身邊吃吧，在海上的飲食則當然都包在我們身上，你不用操心。」

文若虛並無埋怨，還是高高興興的接過銀子，不斷的道謝。

張大說：「快點收拾東西，就快開船了。」

文若虛回答道：「我沒什麼好收拾的，隨後就來。」

他拿著那一兩銀子，信步走開，心想，該買些什麼吃的好呢？

這時，剛巧看到街上有人在賣剛上市的「洞庭紅」，這是一種橘子，剛上市的時候有點酸，可是等到比較熟了以後味道倒也甜美，而價格只是有名的「福橘」的十分之一。文若虛便想道，我這一兩銀子雖然不多，但是如果買洞庭紅倒也至少能買一百斤，不如就買吧，一來可以在船上解渴，還可以分送眾人，答謝大家的幫忙。

不久，看到一簍這麼普通的洞庭紅被挑上船，還有人故意取笑道：「文先生的寶貨來囉！」

說得文若虛羞慚不已，但也不敢多說什麼，只得默默上了船。

出海之後，數不清過了多少時日，他們來到一個地方。上岸之後，同伴中很快有人認出這是以前曾經來過的地方，叫做吉零國。大家都很高興，原來，吉零國很喜歡中國的貨物，東西一轉手經常都是國內的三倍價，而如果從吉零國買了貨物回國來賣，利潤同樣相當可觀。由於是過去來過的地方，大家都有熟悉來往的商家，便紛紛忙著去聯繫及發貨、進貨去了，只留下文若虛一個人在船上和船家看船。

文若虛閒得無聊，忽然想起那一簍紅橘，自從上船之後還不曾打開看過，可別都壞掉了吧！於是趕緊叫水手把那簍洞庭紅從船艙裡抬上來。打開一看，上面都是好好的，但文若虛放心不下，反正閒著也是閒著，乾脆就在甲板上全部倒出來，打算逐個檢查。

文若虛買這些洞庭紅的時候，它們還有些酸，但是現在比較熟了，不僅滋味好，模樣也好看，剎那間整個甲板都是紅焰焰的一片，令人驚豔。

很快的，岸上有好些吉零國的人都被吸引過來了，開口問道：「這是什麼好東西啊？」

文若虛也不回答，只顧著低頭檢查橘子。

一個比較魯莽的人，拿起一個，看了一看，便大著膽子把表皮剝開來，再把裡頭的東西送進嘴巴裡。在他周圍的人都定睛看著他。

「嗯，好吃！」

眾人驚笑道：「原來是吃的！多少錢一個？」

文若虛還是不知道該怎麼回答，船家卻促狹的幫忙出價，豎起一個指頭說：「要一錢一個。」

文若虛看了船家一眼，心想這也未免太開玩笑了吧，怎麼可能會這麼貴，沒想到那人卻一點也不嫌貴，再買了一個並且嘗過之後，大為誇讚道：「真是好東西啊，太好吃了！來，我要再買十個！」

旁邊的人也爭先恐後的嚷嚷著：「我也要，我也要！」

文若虛真是喜出望外！

沒過多久，一簍橘子便賣得精光，最後一個搶到橘子的人連那個破簍子都一起買了。文若虛大賺了一筆，想起那個瞎眼的算命先生，不由得笑道：「真是好靈啊！」

不久，夥伴們紛紛回來了，得知文若虛不費吹灰之力便大有斬獲，都很驚奇，紛紛說：「真是造化！真沒想到你連本錢都沒有的，現在居然賺得比誰都多！」

也有人說：「我們都不知道原來那個不起眼的洞庭紅在這裡會這麼值錢！」

張大更是拍著手大樂道：「哈哈，以前人家都說他倒運，看來現在他是轉運了！」

大家都建議文若虛趕緊用這些錢上岸去置一些貨，帶回家鄉去賣，再賺一大筆，但文若虛說：「我本來是一個倒運的人，過去做生意幾乎都是血本無歸，今天承蒙大家照顧，偶然僥倖一番，已是天大的造化，怎麼還敢妄想？」

接下來，不管大家如何鼓勵、如何好言相勸，文若虛都不為所動，只想把這些意外掙得的銀子帶回去，過一個安穩日子。眾人看他如此堅持，也拿他沒辦法，都紛紛大嘆可惜。

半個月之後，大家的事情都辦完了，便出發返家。開航沒幾天，忽然變天，沒一會兒便烏雲蔽日，黑浪濤天。船家看起風了，而且風勢又如此凶猛，為了避免船被大風吹翻，遂趕緊扯起半帆，不問東南西北，隨風漂去。

掙扎了好一陣子，隱隱約約看到一座島，船家又立刻使勁的朝著這座島駛過去，然後把船後的鐵錨拋下，再固定住船身，告訴眾人要在此等一等，等到大風停息之後再重新出發比較安全。

大家當然都很配合，只有那文若虛，因為身邊有了銀子，巴不得能立刻插翅飛到家裡，如今只能守風呆坐，心裡真是焦躁得很，就對眾人說：「反正也沒事，我想上去看看。」

大夥兒剛才都被大風大浪弄得頭暈眼花，一個個都病懨懨的嘀咕道：「一座無人島，有什麼好看？」

文若虛便一個人精神抖擻的跳下船，剛上了岸，看看前方，打算爬到最高處去眺望一番。所幸這座島不大，即使是最高處也不算高，文若虛一路披荊斬棘，沒費太大的工夫就爬到了最高處，放眼望去，只見四周都是一片荒煙蔓草，心裡沒來由也湧起一種淒然之感，甚至還不自覺的流下淚來，感觸道：「想我如此聰明，卻時運不濟，家業消亡，弄得到現在還是孤家寡人一個，直到海外才有所轉運，但儘管現在僥倖得了一大筆錢財，怎麼知道命裡到底是不是我的呢？如果不是，只怕很快就留不住……」

正在傷感，忽然，遠遠望去，看到草叢中好像有一個很大的東西突出來。是什麼東西呢？文若虛很好奇，便朝那裡走去，想要弄弄清楚。

等他走近了，赫然發現竟然是一個好大好大、足足像一張床那麼大的龜殼！

文若虛驚訝極了，心想，若不是親眼所見，真不敢相信世間居然會有這麼大的龜！

他盯著那個超級大龜殼看了一會兒，又想，如果我告訴別人看到這麼大的龜殼，別人一定不信，搞不好還會說我們蘇州人愛吹牛呢，再說我這次出海經商，也沒帶什麼稀奇古怪的東西回去，不如就把這個龜殼帶回去，也好讓大家都開開眼界。

除了要讓大家親眼看看之外，這個龜殼到底有什麼用途，文若虛也很快就有了構想，盤算著只要把這個超大龜殼從中間鋸開來，分別安上四個角，不就變成了兩張床了嗎？

主意打定，文若虛就扯下身上的布條，穿在龜殼中間，打了幾個結，然後拖了就走。

不久，待在船上的同伴看到文若虛這副滑稽的模樣，都笑道：「文先生帶了什麼寶貝回來？」

等到發現原來是一個偌大的龜殼，大家都吃了一驚，隨即也紛紛質疑道：「這麼笨重的東西有什麼用？」

「一定有用的，」文若虛笑咪咪的說：「比方說，要是以後有什麼天大的疑心事，不就可以拿來卜上一卦嗎？」

「對呀，」馬上也有人接口道：「如果是醫家要煎龜膏，也可以打碎煎起來，至少也可抵得上幾百個龜殼哪。」

大家說說笑笑了一陣，文若虛說：「我相信總會有用處的，絕不會是廢物。」

說著，他先取來好些水，把龜殼裡裡外外都仔仔細細的洗乾淨，抹乾，再把自己的錢包、行李都塞在龜殼裡，兩頭再用繩子一拴，龜殼頓時就成了一個大皮箱。

文若虛笑道：「這下不就已經有用了嗎？」

眾人都笑了起來，

紛紛說：「好主意，好主意！文先生到底是一個聰明人！」

翌日，大風停息，大夥兒要船家開船就走。經過了好幾天的航行，來到福建一個地方靠岸。

這裡有一個來自波斯國的人，姓氏十分古怪，姓「瑪瑙」的「瑙」，叫做瑪寶哈。此人家財萬貫，特別熱中收

集海外珍寶，後來，在這位瑪寶哈的鑑定下，大夥兒及文若虛才非常驚愕的發現，原來文若虛無意中拖回來的這個超大龜殼，竟然是一個價值連城的寶貝！

瑪寶哈說，龍生九子，這是其中一子的殼，原來這個龜殼雖然本身並不值錢，但是龜殼有二十四肋，按天上二十四節氣，每肋中間都有斗大的夜明珠一顆，當二十四肋之內的每顆夜明珠都順利養成之際，龍子就會蛻去此殼變化為龍升天而去。瑪寶哈強調，能夠像這個超大龜殼這樣在氣候俱到、肋節完滿之後天然蛻下是非常難得的，因為大多數人都不識貨，龜殼一旦被發現，往往都等不及二十四顆夜明珠長成就會遭到破壞，然後剝去它的皮製成鼓，鼓聲可以傳到百里之外。

後來，文若虛便將這龜殼賣給了瑪寶哈，瑪寶哈如願得了龜殼以後，果真從中取出閃閃發亮的夜明珠給大夥兒看，大夥兒看了無不目瞪口呆，驚異不已。

文若虛得了鉅款，除了賞給船家和水手不少銀子之外，還將鉅款與同船眾人分享，尤其是對他幫助最大的張大等人。大家都歡天喜地，還有人鼓動文若虛不妨打鐵趁熱，再度出海，都說看來他是很適合出海的，一出海便走運。

但文若虛說：「不要不知足，我本來是一個倒運漢，沒想到造化來了才有此轉機，可見人生分定，不必強求。」

眾人聽了，也說：「文先生說得是，想來一定是文先生存心忠厚，所以才該有此富貴。」

後來，文若虛便在這裡安頓下來，也不回蘇州了，並且也很快便有了妻小，從此安居樂業。

2 大力婆

強中更有強中手，莫向人前誇大口。

有一個舉子（也就是舉人），姓名不詳，出生地也不清楚，只知道他武藝出眾，臂力過人，而且為人豪俠仗義，特別喜歡路見不平，拔刀相助。

在通過鄉試之後的第二年，他要進京會試，因為路途遙遠，照說該帶些人手至少也該與友人結伴而行，路上好有個照應，比較安全，但他仗恃著一身的好本事，不帶任何僕從，只帶著弓箭和短劍，就騎著馬獨自動身。一路上非常順利，經常隨意獵捕一些野味，晚上到住店裡休息的時候，還經常會叫店家準備了酒，總之把自己照顧得相當好。

這天，在山東境內，因為馬跑得比較快，一時大意錯過了住店的地方。當他來到一個村莊的時候，看到天色已暗，心想沒法再前進了，便決定找個地方湊合一個晚上。就在這個時候，他看到有一戶人家，裡頭有燈光，便立刻下了馬，一手牽著馬向前，打算開口借宿。等到一進了大門，看到一片空地，三、四塊疊在一起的太湖石看起來非常醒目。正中有三間正房，兩間廂房，一個老婦正坐在中間績麻。（所謂「績麻」，就是把麻纖維劈開接續起來搓成線。）

老婦聽到動靜，起身過來問是誰，舉子高聲回答道：「老太太，小生是來借宿的——」

「官人，不方便，」老婦立刻連連搖手道：「這個事老身做不了主。」

舉子感覺老婦的言語之間有些淒慘，疑惑道：「老太太，你家的男人到哪裡去了？你怎麼會一個人在這裡？」

老婦說自己是一個老寡婦，丈夫已經死了很多年了，只有一個兒子，在外經商，常年不在家。

「那你可有媳婦？」

老婦皺著眉頭低聲說：「是有一個媳婦，很能幹，賽得過男子，能夠撐起這個家，就是性子很急，脾氣暴躁，力氣又很大，只要用一根手指頭碰碰我，我就吃不消的，所以總是得看她臉色，受她欺負，日子難過得很，官人要借宿，老身自然也不敢作主。」

說罷，老婦淚如雨下，看得出真的是滿腹委屈。

舉子聽了，不覺雙眉倒豎，兩眼圓睜，大怒道：「天下居然有這等不平的事！現在那個惡婦在哪裡？我幫你把她給除掉！」

說著，他就動手把馬拴在庭中太湖石上，並且怒氣沖沖的拔出劍來。

沒想到老婦說：「官人不要在太歲頭上動土，我媳婦可不是好惹的，她不喜歡做女紅這一類的事，每天吃過午飯就隻身去山裡打獵，經常帶一些鹿啊、兔啊之類的東西回來，總能賣得幾貫錢，我們家所有開銷全指望她，所以老身也不敢得罪她。」

舉子想了一想，按下劍，入了鞘，說：「我生平專門就是欺硬怕軟，喜歡為別人主持公道，今天這個事我是管定了，諒她一個女子能厲害到哪裡去？不過，老太太既然是要靠她奉養，我就饒她一命，不殺她，一會兒只痛打她一頓，教訓教訓她，讓她改改性子就是了。」

可老婦還是說：「一會兒我媳婦回來了，奉勸官人還是別惹事得好。」

舉子氣壞了，就那麼氣呼呼的一直等著。

不久，天已經完全黑了，門外終於出現了一個大黑影，而且很快便走了進來，把肩上扛著的一個大傢伙往庭中一摔，大嚷道：「老嬤，快拿火來，收拾收拾！」

老婦戰戰兢兢的問道：「是什麼好東西啊？」說著，把燈一照，大吃一驚，居然是一頭死老虎！在火光之中，舉子的馬也看見了，頓時驚跳嘶鳴起來！

立刻問道：「哪裡來的馬？」

舉子這時候看清楚了，是一個身材高大的婦人。看她一副威猛的模樣，又見她背了一頭死老虎回來，心裡不免有幾分懼怕，嘀咕一聲「也算是一個有本事的」，然後就趕快去把馬帶開，另外找個地方縛住，再上前向婦人表明因為天色已晚，錯過宿頭，想要借宿一晚的意思。

「這有什麼問題！」婦人豪爽的笑道：「老嫗好不懂事，既然是一個貴人，怎麼這麼晚了還讓人家站在外頭！」

接著又指著地上的死老虎對舉子說：「都是因為今天碰上了這個東西，費了一番工夫才擺平，因此才耽擱了時間，回來晚了，有失主人之禮，還請貴人不要見怪。」

「不敢，不敢。」舉子連聲道，心想看來也不是一個不可教化的人，待會兒好好勸勸她就得了。

婦人的手腳十分痳利，很快便張羅了一桌酒菜。稍後，在接受婦人殷勤的款待時，舉子乘機說道：「看娘子如此英雄，舉止也很合度，怎麼會在尊老問題上表現得有些欠缺？」

舉子自以為說得在理，不料婦人一聽，勃然大怒，瞪著眼喝問道：「是不是死老太婆剛才跟你說了些什麼？」

「沒有沒有！」舉子趕緊說：「我只是看娘子跟老太太說話的時候，言語之間不像是媳婦對婆婆的態度，但是看娘子待客周全，才能出眾，又不像是一個不講道理的人，所以才好言相勸一聲。」

「好，你過來！」

說罷，婦人一把扯著舉子的衣服，一手移著燈，走到太湖石邊站定說：「哪，我現在說幾件事情給你聽，你來評評理，看看到底是誰的不對。」

只見那婦人倚著太湖石，就在石上拍拍手道：「前幾天……」婦人一口氣便嘰哩呱啦說了一大串，說完以後，伸出一手的食指向石上一劃，「這是第一件事。你說，這是我的不對，還是老太婆的不對？」

僅僅就那麼一劃，石頭的表皮便亂爆一氣，轉眼就被摳深了一寸多！婦人一口氣說了三件事，劃了三劃，那堅硬的太湖石上就出現了一個又像「川」、又像「三」的大字，而且每一劃都像是用錐子鑿出來的一樣。

舉子見此情景，嚇得滿頭大汗，面紅耳赤，連聲道：「都是娘子有道

理！」

不久前舉子想要教訓教訓婦人的一番雄心，已經像被一桶雪水當頭一淋，不僅不敢出聲，就連大氣都不敢喘一下了。

「知道就好。」

說罷，婦人就轉身進屋，先若無其事照樣替舉子整理好一張舒適的床鋪，稍後又替他餵好了馬，說方便舉子第二天趕路。一切收拾妥當以後，婦人就與老婆婆一起回到她們自己的房間，關上門睡了。

舉子一夜無眠，嘆道：「哎，真想不到天底下居然有這麼大力氣的人！幸好沒跟她交手，要不然就死定了！」

好不容易捱到天明，舉子匆匆道謝之後，就灰溜溜的趕緊走了。

從那以後，這個舉子就收斂了許多，也不敢再輕易去多管閒事了。

3 韋十一娘

試聽韋娘一席話，須知正直乃為真。

徽州府有一個商人程元玉，忠厚老成，秉性莊重，專門在川、陝一帶做生意。有一天，他收了貨錢以後，吩咐僕人趕緊收拾完畢，準備回家。程元玉自己騎著一匹馬，僕人騎著牲口，一路前行，途中到了吃飯時間，看到一家飯店，他們便停下來稍事歇息。

店裡生意不錯，還有好些也是過往商旅都在裡頭一塊兒吃吃喝喝。不一會兒，有一個婦人騎著一頭驢子，也在飯店前面停了下來。程元玉抬頭看了一下，只見那個婦人大約三十來歲的模樣，面容也挺標致，就是裝束打扮帶些武氣，給人一種雄赳赳的感覺。打從婦人一走進店裡，店裡的客人幾乎一個個都在斜著眼瞧著，很多人的眼裡都還流露出曖昧的神色，甚至還有人低聲說一些不入流的話，只有程元玉早已把目光從婦人身上收了回來，仍然端莊的坐著，吃自己的飯。

這一切，那婦人其實都看得分明。

不久，她吃好了，當店家要來收錢的時候，忽然，她舉起兩袖，抖了一抖，說：「我忘了帶錢，怎麼辦？」

剛才一直在偷著眼瞧她的那些男人一聽，全都笑了出來。

有的說：「原來是一個騙飯吃的。」

有的說：「或許是真的忘了罷。」

還有的說：「看她的樣子，一看就是一個江湖中人，不像是個本分的，騙頓飯也是有可能的。」

店家一聽說沒錢，則是馬上就一把扯住不放，罵道：「青天白日，竟敢跑到這裡來吃白食！」

婦人說：「不是吃白食，只是今天忘了帶錢，下次再補。」

店家大怒，「下次？誰認得你！」

就在所有的人都在幸災樂禍看熱鬧的時候，程元玉挺身而出，上前打著圓場道：「看這個娘子的樣子，豈是會故意賴帳的人？想必一定是真的忘了，何必要如此逼她？」

說著，程元玉從腰間摸出一串錢，「該付多少，我都替她付了就是。」

店主這才鬆了手，哼了一聲，接過程元玉的錢。

算好帳，程元玉正準備要走，婦人卻走到他的面前，攔住了他，恭敬的說：「您是一個值得尊敬的長者，請問您尊姓大名？以後我好加倍奉還。」

程元玉說：「一點小事，何足掛齒，那點飯錢就不用還了，我的名字也不用問了。」

「您別這麼說，您待會兒往前走，會碰到一點小小驚恐，我將出些力氣來報答您，請您一定要把大名告訴我！我先自報姓名，韋十一娘便是。」

程元玉看婦人說得如此嚴肅，只得把名字給報上了。

「好的，我知道了。我現在去城西探望一個親戚，一會兒就來。」

說完，跨上驢子，加了一鞭，便飛也似的去了。

程元玉和僕人出了店門，騎了牲口，一邊走，一邊回味著方才和婦人之間的對話，十分疑心，最後暗忖道，婦人之言，用得著這麼認真嗎？何況那個婦人連一頓飯的錢都不能先準備好，就算自己真的會碰上什麼驚恐，能指望她嗎？

這麼一想之後，程元玉就沒再把婦人那番警告放在心上了。

主僕走了幾里路，碰到一個人，這人頭戴斗笠，身背皮袋，風塵僕僕，一看就是經常在外長途行走。這人一會兒出現在他們前面，一會兒又出現在他們後面，總之就是經常會不期而遇。當天色漸漸暗了下來的時候，又碰到此人，程元玉就騎在馬上問道：「請問前面哪裡有可以歇息的地方？」

那人回答道：「這附近沒有，要到前面距離這裡六十里的地方，有一個楊松鎮，那裡會有安歇客商的地方。」

程元玉也知道楊松鎮這個地方，看看天色，又問：「現在看起來已經有點晚了，六十里——你覺得我們在天黑前到得了嗎？」

那人看看日影，回答道：「我到得了，你到不了。」

程元玉覺得聽起來好笑，「你這話是怎麼說的？我騎馬，到不了，你走路，反而到得了？」

那人慢條斯理的說：「因為我會走小路，所以到得了。」

「真的嗎？」程元玉立刻說：「那就請你帶我們走小路好嗎？等到了鎮上，一定買酒答謝。」

「好啊，」那人爽快的答應了，「那就都跟我來吧！」

於是，他們就離開大路，跟著那陌生人走起了小路。一開始，路還算平坦，但在走了一里路之後，地上漸漸多了很多石塊，驢馬行進間很不方便。又走了一段路，發現盡是陡峻高山擋在前面，而繞著山路走，又多是深密林子，抬起頭來根本看不見天空。

這時，主僕的心裡都有些害怕，埋怨那人道：「為什麼帶我們走這麼難走的路？」

那人笑道：「過了這一段，前面的路就好走了。」

程元玉深感進退不得，不得已，只好隨著他繼續走。

然而，又過了一個山岡，道路益發的崎嶇，這時，程元玉已經確定中計，大叫一聲「不好」，急急勒轉馬頭就想往回走，但為時已晚，只見那人吹了一聲口哨，山前立刻擁出一干人來，一個個都有如凶神惡煞一般，頗為嚇人。

程元玉知道遇上了強盜，趕緊慌慌張張的下馬，哀求道：「不要傷人！所有財物你們都拿去吧，只是請你們留下我的馬，可以嗎？」

那夥強盜聽了，倒也手下留情，果真只取了財物就迅速離去，然而，等到強盜一走，程元玉驚魂甫定，稍稍回過神來，轉身一看，這才發現馬兒居然也不見了，回想方才強盜臨去之際並沒有奪走他的馬，想必是韁繩沒有縛緊，馬兒受到驚嚇就自己跑掉了。程元玉的心裡很是懊惱，但也無可奈何。

主僕慌亂的走了一陣，眼看天色很快就要暗下來，他們卻還被困在這荒郊野嶺脫不了身，該怎麼辦呢？正在著急，忽然聽到後頭林間樹葉傳來一陣陣不尋常的窸窸窣窣的聲音。程元玉十分驚恐，忐忑不安的想著，該不會是強盜又回來了吧？或者是有什麼猛獸？還是——鬼怪？

他急急忙忙的一回頭，只見一個人影遠遠的攀藤附葛而來，十分輕巧，簡直就像是從樹上一路飛過來似的。程元玉愣住了。轉眼那人已來到程元玉的面前，原來是一個年輕的女子。程元玉一看，一顆驚惶的心才總算放了下來，正想開口問問，女子就已主動向程元玉行了一個禮，恭恭敬敬的說：「我是韋十一娘的弟子青霞，師父在前面等您，叫我來接您，您的財物我們都已經拿回來了。」

韋十一娘！程元玉想起那個在飯店沒錢付帳的婦女，同時也猛然想起人家曾經告訴過他，前方會有些驚恐，果然如此！

於是，主僕就隨著青霞前往。走不到半里路，那個在飯店裡偶遇的婦人就來了，身邊則是程元玉不久前被強盜搶走的所有財物。程元玉既驚訝又感謝，十分激動。

韋十一娘說：「天色已晚，這附近沒有歇息的地方，請您到我們的小庵去休息吧。」

程元玉自然又是一番感謝，便隨她們師徒去了。過了兩個山崗，前面看到一座孤零零的高山，彷彿是立於雲間，旁邊並沒有其他的山峰相連。韋十一娘伸手一指，「這裡叫作雲崗，小庵就在上面。」

那就是說，得爬上去了？程元玉看著雲崗，腿已經有點發軟了，但也只得咬著牙，硬著頭皮繼續往前走。幸好韋十一娘和青霞會不時過來攙扶，有些特別不好走的地方，甚至是師徒倆一邊一個，幾乎是架著程元玉走，然後數步一歇，這才勉強前進。不過，即使是這樣，程元玉還是氣喘如牛，韋十一娘和青霞則完全就像是在平地行走一般，根本不當一回事，連大氣都不曾喘一下。程元玉對師徒倆真是暗自佩服不已。

走著走著，程元玉抬頭往高處看過去，感覺好像是在雲霧裡，過了好一陣子終於爬到高處了，感覺雲霧又都在腳下了。又走了十幾里，看到了石階。這些石階一共有一百多級，走完以後就是一片平地。程元玉一眼就看到一棟清雅的茅屋，想來這就是韋十一娘所說的小庵了。

韋十一娘請程元玉進去休息，又叫了另外一個年輕的女子出來，說也是她的徒兒，名叫縹雲。青霞和縹雲就一起忙著張羅飯菜，很快便準備好了。師徒三人殷勤款待，程元玉自然是感激不盡。

席間，程元玉問了一個他早就想問的問題，那就是韋十一娘到底有什麼特殊的本事，能夠從那一幫強盜手中替自己搶回所有的財物？

韋十一娘這才說：「我不是一般人，我是劍俠——」

緊接著，韋十一娘告訴程元玉，那會兒在飯店吃飯的時候，她看程元玉舉止端莊，不像其他人那麼輕浮，心裡就對程元玉頗為敬重，而忘了帶飯錢之舉，只不過是為了進一步測試程元玉的人品，看程元玉果然是有些義氣，這才決定要幫他一把。

程元玉聽了，真是又驚又羡。他曾經在書上看過有關劍俠和劍術的介紹，便好奇的問道：「我記得書上說，劍術是起自唐，但是到宋就已經絕跡，而從元朝一直到現在都不曾再聽說過，不知道夫人是從哪裡學來的？」

韋十一娘笑道：「這麼說是不對的，劍術不是起自唐，也不是絕於宋……」

韋十一娘說，打從當年皇帝受兵符於九天玄女，就有劍術，後來皇帝這方就是靠著此術才大破蚩尤。戰後，皇帝有感於劍術相當神

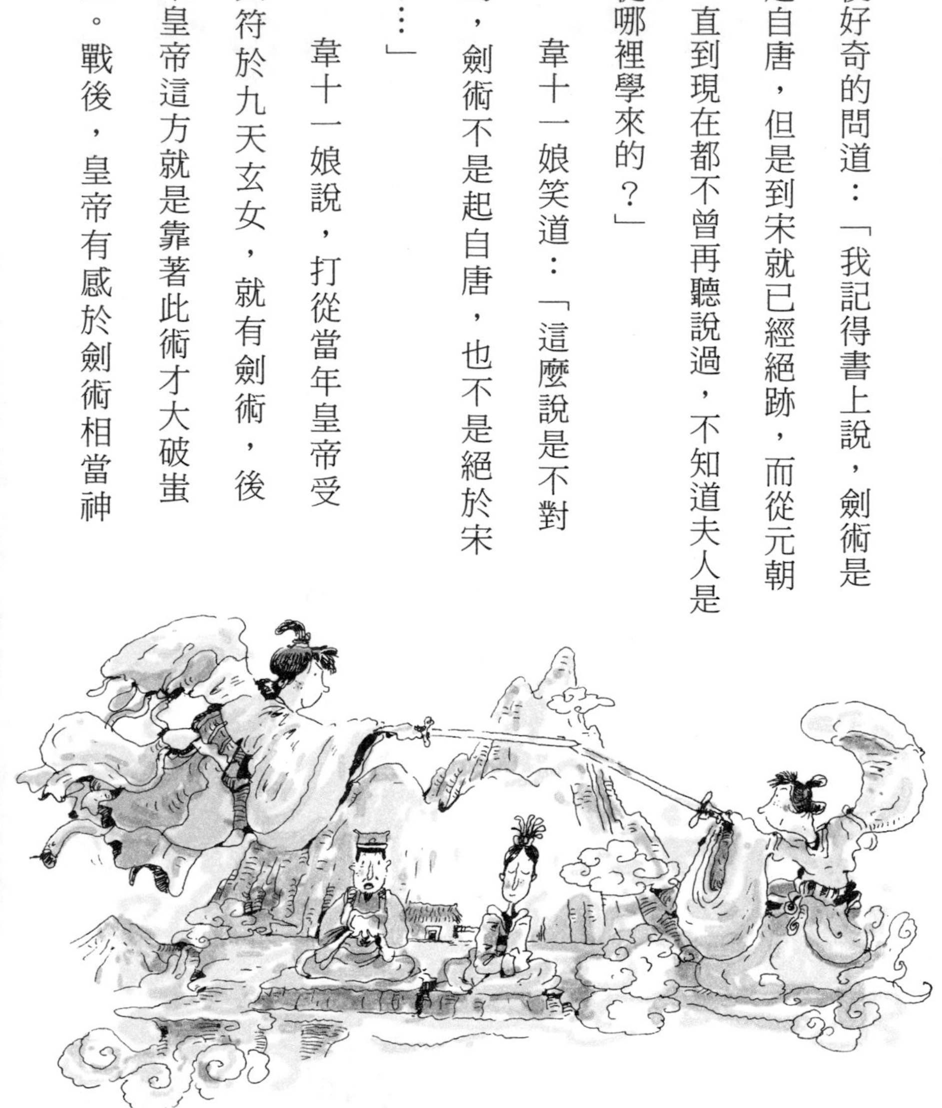

奇，擔心被惡人亂用，因此不敢宣揚，只挑了極少數正直人士口傳心授，所以此術一直不曾斷絕，但也一直不曾廣傳。韋十一娘甚至還表示，歷史上一些重大事件其實都有他們劍俠的身影。

接下來，韋十一娘就縱論古今，告訴程元玉許多關於劍俠的故事。程元玉聽得都驚呆了，對神祕的劍術也益發感到好奇，便鼓起勇氣請求韋十一娘能不能讓他看看劍術一二，大開眼界一番？

韋十一娘考慮了一下，「如果來大的恐怕會驚壞了您，那就來一點雕蟲小技好了。」

說罷，韋十一娘就吩咐青霞和縹雲，說程元玉想要觀劍，叫她們倆簡單的演練一下。兩個女孩聽令，就開始比劃起來。她們一連演示了幾種不同的劍法，最精采的當屬兩人對練，只見兩把劍你來我往，速度愈來愈快，到後來根本看不清楚，只看到彷彿有兩條白布在空中飛繞，青霞和縹雲的身影則完全不見。她們倆就這樣演練了有一頓飯的工夫，結束的時候還都是臉不紅、氣不喘，簡直就像一點事也沒有。

程元玉嘆道：「啊，真神人也！」

這時，夜已深了，韋十一娘命徒兒替程元玉整理好一個竹榻，鋪好舒服的被褥，還拿來一件鹿皮讓程元玉蓋在身上。因為這裡地勢很高，即使眼前是八月，夜間還是很寒冷的。等一切都安排好了以後，師徒三個就退到她們的石室裡去歇息。

第二天，程元玉辭行的時候，韋十一娘還送給他一包藥丸，交代他以後每年年初服一粒，就保管一年無病。程元玉再三道謝之後才帶著僕人離去，從此再也沒聽到過關於韋十一娘的行蹤。

4 三遇強盜

強徒不是無因至，巧弄他們送福來。

有一個蘇州人王生，父親是一個商人。除了雙親，王生還有一個嬸母楊氏，因為寡居無子，一直和他們同住。王生自幼聰明乖巧，嬸母非常喜歡他。在王生七、八歲的時候，父母不幸相繼而亡，從此楊氏更是將王生視為己出，盡心盡力的負起養育之責，兩人相依為命，感情很好。

時間匆匆過去，轉眼王生已經十八歲了，對於經商一事也有些概念，只是缺乏實際的經驗。一日，楊氏對王生說：「你如今也長大了，豈能天天在家坐吃山空？我身邊還有些家產，再加上你父親留下來的，足夠做你經商的本錢，我打算湊個一千多兩，讓你出門去做些買賣，對你也是一番鍛鍊。」

王生欣然接受了嬸母的好意，趕緊找一些朋友商量，大家都說在南京很好做生意，於是王生就先將幾百兩銀子買了些蘇州的貨物，準備帶到南京去賣，又雇了一個專門走遠途的船，然後挑了一個好日子，就意氣風發的出發了。

不到一日，早早來到京口，趁著東風順利過了江，然而，沒多久一到黃天蕩，卻忽然颳起一陣怪風，瞬間滿江白浪濤天，十分嚇人，更糟糕的是，船隻控制不住，轉眼就不知道被打到什麼地方去了。等到風浪平息，天已昏暗，大家抬頭一看，只見四下盡是高高的蘆葦，而且放眼望去四周除了他們沒有第二個船隻。

大家的心裡都有些驚慌，就在這時，蘆葦裡忽然傳出一聲鑼響，很快便划出三、四隻小船，每隻船上都有七、八個人，以極快的速度蜂擁而至，跳上船來。

大家都意識到這是遇到強盜了，一個個都嚇得魂飛魄散，臉色煞白，紛紛擠成一團，有的還拚命朝強盜磕頭，大叫「饒命」。

那夥強盜自從上船以後，也不說話，也不傷人性命，只是動作迅速很快便把船上的金銀貨物全部搬個精光，然後，為首的罵了一聲「吵死了！」之後，一夥人便火速離去，留下船上遭搶的乘客，大家都是目瞪口呆，說不出話來。

王生畢竟年輕，驚魂甫定之後忍不住大哭起來，「我怎麼這麼倒楣呀！」

現在既然錢沒了，貨也沒了，南京自然也不用去了。大家商議一番，決定先各自回家。天明之後，風平浪靜，船家便掉轉船頭，朝著鎮江前進。到了鎮江，王生上岸，找到一個親戚家，借了幾錢銀子做盤纏，這才狼狽回到蘇州的家中。

楊氏看王生這麼快就回來了，而且衣衫凌亂，面容憂愁，還沒等王生開口，就已猜到了七八分。果然，王生一看到嬸母，才叫了一聲便哭倒在地。稍後等弄清楚了來龍去脈，楊氏並沒有怪罪王生，反而還好言安慰道：「唉，這也是命，又不是你故意把這些銀子丟了，何必如此煩惱？我看你就暫且在家休息幾天，等我再湊些本錢讓你出去就是了。」

王生怯懦道：「要不以後就只在附近做些買賣好了，別再出門了。」

楊氏一聽，不以為然道：「噯，男子漢千里經商，怎麼說這種喪氣話！」

王生在家待了一個多月，精神恢復了，又與友人商量著揚州的布好賣。於是，楊氏又湊了幾百兩銀子，讓王生買好一百多筒布，剩下的銀子則帶在身邊，然後招了一個伙計，雇了一個經驗更豐富的船，擇日起行。

到了常州，只見前面的船隻把河道塞得滿滿的，一大堆的人都在大聲抱怨著「太擠了，太擠了！」，忙問是怎麼回事，人家說，前面有很多糧船阻塞住了，從青羊鋪一直到靈口，擠得水洩不通，買賣船隻是別想擠進去的。

王生一時沒了主意，問船家這該如何是好，船家說，乾脆改變航向，從孟河走吧。

王生想到上回被搶的事，有些猶豫，「會不會有危險啊？」

船家也知道王生的擔心，便說：「現在是大白天的，怕什麼？要不然塞在這裡動彈不得，誰知道要等到什麼時候？」

王生想想也是，無奈之下只得接受了船家的意見，改走孟河。這下子果然相當好走，一出了孟河，王生和船家都很高興，紛紛說：「好了好了，如果還在內河裡，還不知道什麼時候才能脫困呢！」

正在得意洋洋，船後忽然響起了水聲，回頭一看，只見一隻三櫓八槳船飛也似的趕來，很快便接近了他們的船，然後迅速拋過來一個大大的鐵鉤搭住，十來個手執快刀、鐵尺、金剛圈的漢子，便身手矯健的跳了過來。

原來，孟河往東便是大海，就算是大白天也會有強盜在活動，尤其是如果是空船也就罷了，看到載了貨物的買賣商船，那些強盜怎麼會放過？

眼看居然又遭搶了，王生簡直不敢相信自己的背運！慌亂之間，抬眼看去，覺得這些強盜怎麼看上去有些眼熟，再看看為首的那一個——哎呀，王生認出來了，這明明就是上回在黃天蕩搶過他的那幫人哪！

王生馬上大喊：「大王！我不久前已經被你搶過一次了，今天怎麼又碰到了你？我上輩子欠了你這麼多嗎？」

為首的那一個看看王生，也認出了他，「嘿，還真是的！那——就還你一點路費吧！」

說罷，就把一個小包裹丟了過來。

等強盜走了以後，王生打開包裹，發現裡頭還有十幾兩零碎銀子，不禁自我解嘲道：「至少這回不用再去借盤纏才能回家了！」

同時，王生也對船家嚷道：「誰叫你要走這條水路，害得我被搶！」

船家則一臉無辜，「誰想得到大白天的也會遇上強盜啊！」

沒辦法，王生只得叫船家掉頭回蘇州。

到家之後，楊氏看王生又是這麼快就回來了，不免心裡一驚，果然，緊接著王生就淚汪汪的走到她的跟前，哭訴遭搶的經過。楊氏非常賢慧，再加上堅信姪兒必有發跡之日，對於再度遭搶一事並沒有半點埋怨，反而一再好言好語的勸慰。

這樣又過了一些時日，楊氏又湊了一些銀子，催王生出門去做生意。楊氏說：「兩番遇搶，只能說是命中注定有此劫難，怪不得誰，你要想開一點，如果是命該失財，就算是坐在家裡也會碰到上門打劫的，你千萬不要因此沒了志氣。」

但王生還是害怕，不願意再出門。楊氏遂鼓勵道：「要不你就去卜個卦吧，看看應該上哪兒去做生意才是大吉。」

王生聽嬸母的話，果真請了一個先生來家中卜卦，問了幾個地方都是「下卦」，唯有南京是一個「上上卦」。

「看來還是得去南京做生意。」楊氏說。

王生很是憂慮，「可是我第一次出門就是去南京——」

這時，算命先生說了一句很玄的話：「依這卦上看，你此行到不了南京，但就是在路上財運亨通。」

「還會有這種事？」王生不相信。

楊氏知道他多半還是畏懼，便一再耐心相勸：「我的兒，有道是『大膽天下去得，小心寸步難行』，蘇州到南京也不遠，當年你父親和你叔叔都經常去，沒什麼好怕的，你千萬不要因為兩次遇搶就因噎廢食。你要這麼想，每天南來北往的客商這麼多，難道這夥強盜就專盯著你、只搶你一個不成！現在占卜的結果既然這麼好，你還是儘管放心的去吧。」

在嬸母再三鼓勵之下，王生總算又鼓起了勇氣，決定再次出門。

這回，船在行了兩天之後，來到揚子江（也就是長江）中。緊接著，這天真是一帆風順，傍晚時分順利抵達龍江關口，只是轉眼天色就已經暗了下來，來不及上岸了，此時王生有如驚弓之鳥，特意吩咐船家務必要傍著一隻巡哨號船邊拴好了船，心想這下總該是萬無一失了吧。

沒想到，三更時分，只聽得一聲鑼響，隨之火把齊明。王生從睡夢中驚醒，睜眼一瞧，老天爺！又看到一夥強盜跳上船來！

王生轉頭張望，這才發現自己的船已經不在原地，不知道什麼時候居然飄到寬闊的江面上了。

強盜們一個個動作飛快，很快便把他船上的貨物、包袱搬個乾乾淨淨。就著火光，王生看看這些強盜，驚訝萬分的發現，竟然還是那夥已經搶了他兩次的強盜！

王生沒有多想，馬上跳起來，衝上去扯住那個為首的強盜，就跪下去大嚷道：「大王！小人只求一死！」

那人當然想要掙脫，口裡還罵道：「去你的！我們發過誓不傷人性命，只取財物，你趕快滾一邊去罷，別在這裡歪纏！」

王生哭道：「大王，您有所不知，小人幼無父母，全虧得嬸娘信任和重託，出來經商，不想出來三次，每次都遇上大王，這是第三次了！就算三次都是小生前世欠了大王的，可是叫小人回去以後還有什麼面目去見嬸娘？小人往後又哪有這麼多的銀子來還她？今天如果大王不殺我，我也要跳到江裡不活了！」

王生愈說愈傷心，大哭不止。

那大王本來也是一個有義氣的人，得知眼前這個年輕人居然被自己連搶三次也相當驚訝，而且頓時感到很不好意思，再加上也有些可憐王生，便說：「這樣吧，我不殺你，但你的財物也不能還你，畢竟還有這麼多弟兄跟著我要

吃飯哪！現在我有一個主意，昨晚我們劫了一艘客船，上船之後才發現船上盡是一捆一捆的苧（ㄓㄨˋ）麻，這些東西我要了沒用，不如就給你吧，你把它們賣了以後好歹還可以湊一點本錢。」

王生喜出望外，不住的道謝。很快的，那夥強盜就把他們船裡的苧麻一捆一捆的扔了過來，王生和船家慌忙接住。

過了好一陣子，強盜們扔完了苧麻就匆匆走了。王生仔細一數，苧麻竟然有兩、三百捆之多，心想：「就算這些苧麻他們處理起來不方便，但是他們願意給我，也算是一些良心未泯的強盜。」

王生估計，如果能夠把這些苧麻全部順利脫手，應該也能賣得一筆不小的數目，但他擔心如果就這樣賣掉，恐怕會被人認出，那就有理講不清了，想想不如還是先回家，把這些苧麻重新拆開、重新處理一番以後再賣會比較合適。

於是，他就吩咐船家趕緊掉頭回家。

到家之後，見過嬸嬸，王生把這番經過向嬸母說了，楊氏也想得開，也說：「雖然沒了銀子、沒了貨物，好歹有了這些苧麻，也不算完全吃虧了。」

說著，楊氏便打開一捆苧麻，本想要整理整理，沒想到一層一層剝開來，剝到正當中的時候，發現捆心當中有一塊很硬的東西，纏束得很緊，仔細解開，竟然是好幾層棉紙，包著成錠的白金！

「這是怎麼回事？」楊氏和王生都呆掉了。

兩人隨即急急忙忙去拆其他的苧麻，結果，在每一捆苧麻中心都發現了白金，細細數下來，強盜所給的一船苧麻，裡頭竟然藏了五千兩都不止！

楊氏和王生面面相覷，連聲嘆道：「慚愧，慚愧！」

後來，他們推測，大概是某一個大客商，為了防止途中被搶，假裝備了一船普通的苧麻，實際上是掩人耳目，想要保護重金，不料被那夥強盜糊里糊塗的搶來，又糊里糊塗的送給了王生，反而便宜了王生。

王生受了三次驚恐，到頭來卻平白得了一大筆橫財，算算他所得到的比他失去的財物還要多得多。

更幸運的是，從此王生出外經商，再也沒遇到過盜匪，每一趟都非常順利，不出幾年，王家便成了大富之家。

韓秀才娶妻

嫁女須求女婿賢，貧窮富貴總由天。
姻緣本是前生定，莫為炎涼輕變遷。

明朝正德年間，浙江台州府天台縣有一個秀士，姓韓，名師愈，表字子文。父母雙亡，沒有兄弟姊妹，隻身一人。他相貌堂堂，滿腹文章，只可惜就因為家境不佳，本人也沒有其他營生的方式，只能做做老師勉強餬口，以至於年紀也老大不小了，卻始終還是討不到媳婦，有時想想也挺鬱悶的。

有一天，韓子文找到王媒婆，表示自己多年下來積攢了束脩四、五十金，聘禮應該可以出得起了，拜託王媒婆幫忙介紹對象，他還特別表示，因為自己貧窮，不敢高攀富貴人家，只希望能夠娶到一個儒家女兒，可以延續香火就行了。

王媒婆知道窮秀才說親，自然是「高不成，低不就」，但是也很難回絕他，只得先收下費用，說一定會幫忙留意，請韓秀才先回家去等消息。

過了幾天，王媒婆果真帶來了消息。王媒婆說，為了韓秀才的事，她的鞋子都走破啦，好不容易才問到縣前許秀才家的女兒，今年十七歲，那許秀才前年死了，留下母女倆，家境雖然不怎麼樣（這是當然的了，同樣都是窮秀才，能夠好到哪裡去。），但也勉強還算湊合，許秀才的遺孀原則上也願意把女兒嫁給一個讀書人，但是有一個條件，那就是歲考馬上就要到了，希望韓秀才好好應試，只要能夠考到優等，就可以馬上來迎娶她的女兒。

韓子文一向自恃頗高，心想，優等？哈哈，那有什麼問題！便高高興興的應承下來，還立刻買了幾杯白酒，謝過王媒婆。

一個多月之後，韓子文穿上自己最好的衣服，信心滿滿的出發。應試的過程很順利，韓子文感覺自己發揮得很好，寫完之後，欣賞了好幾遍，愈看愈是得意，還忍不住湊上去聞著卷上的墨香，癡癡的說：「果然有些老婆香哪！」

他認為這個「優等」根本就是自己的囊中物，沒有拿不到的道理。

不料，主考官梁宗師是一個沒有學問的人，操守也大有問題，只顧著要巴結上司，要不然就是只認得錢，他之前曾經在其他地方擔任過主考官，應考的秀才沒有人不罵他的，這韓子文只是一個窮書生，哪有辦法讓梁宗師放在眼裡？眼巴巴的等了十天，終於等到放榜，只見排在前面的全是達官貴人家的公子，要不就是富翁的兒子，韓子文呢？只列了一個「三等」。

寫得這麼好，居然只考了一個三等？韓子文氣得眼睜口呆，差點沒吐血。在回家的路上，他在心裡把那個該死的梁宗師狠狠的痛罵了一頓，但不管怎麼罵，「三等」就是「三等」，到家之後，嘆了一口氣道：「娶妻莫恨無良媒，書中有女顏如玉。」從此不敢再提此事，並且既然考場失意，也仍然只能回去繼續當教書先生，見到主人家和學生，都面紅耳熱，羞愧難當。

這時的韓秀才真是喪氣到了極點，以為這輩子八成是要光棍打到底，注定是娶妻無望了，沒想到一年多之後竟然意外有了轉機。

事情是這樣的，一年多以後，武宗駕崩，繼位的嘉靖皇帝（也就是世宗）年僅十五歲，於是也不知道怎麼搞的民間就盛傳朝廷要到浙江來「點綉女」，也就是說要挑選良家少女，充實嘉靖皇帝的後宮。很多人對這個消息都深信不疑，那些有女兒的家長都非常驚恐，因為誰都不願意讓寶貝女兒被選進宮中，那無疑就意味著生離死別，恐怕今生都再也見不了面了，更何況對女孩本人來說，被選進宮中往往也是一個悲劇，試想皇帝的後宮佳麗那麼多，能夠見著皇帝都已經是極為難得，更別說還想要得到皇帝的寵愛，能夠有機會享受榮華富貴，多少少女實際上都是在妙齡之年進宮之後，一直到年華老去都沒有機會見到皇帝。

為了避免被選入宮中，一時之間，大家都在忙著嫁女兒、討媳婦，而且都是匆匆忙忙、慌慌張張，不成個體統，因為只要趕緊成為人婦就安全了，就絕對不可能進宮了。又過了一陣子，傳來第二種駭人的說法，說「等點綉女的工作結束以後，十個綉女要由一個寡婦押送」，這下子可不得了，為了避免擔任押送綉女的重任，連那些七老八十、寡居多年的老婦也都紛紛莫名其妙的嫁人去了！

當時，有一首作者不詳、但廣為流傳的詩，就描寫了這股瘋狂的婚嫁之風：

一封丹詔未為真，三杯淡酒便成親。
夜來明月樓頭望，唯有嫦娥不嫁人。

這天，韓子文在街頭閒逛，突然被人從背後扯住，回頭一看，原來是開典當行的金朝奉。

金朝奉的神色很是慌張，對著子文施了一個禮以後就直截了當的急急說道：「小女今年十六歲了，如果秀才官人不嫌棄，願意嫁給您做妻子。」

韓子文簡直不敢相信自己的耳朵，「您別開玩笑了吧，像我這樣一個一貧如洗的秀才，怎麼承受得起令嬡？」

「不開玩笑，不開玩笑！」金朝奉皺著眉頭嘀咕道：「都什麼時候了，您怎麼還說這種客氣話！趕快定下來吧，定下來就不會被點去了，我們夫妻倆就這麼一個寶貝女兒，如果遠遠的去了北京，恐怕以後就相見無期，教我們怎麼捨得啊！官人如果願意，就是我們的救命恩人！」

說著，竟然激動的就想要朝著子文跪下去。

韓子文是一個讀書人，有些見識，知道所謂「來浙江點綉女」多半是謠言，但因為他正好不是一直想要娶妻卻苦無機會嗎？於是便也順水推舟，趕緊扶住金朝奉說：「小生囊中只有四、五十金，聘下令嫒之後，就沒錢來準備婚事，完婚一事就得耽擱一陣了。」

見韓子文同意，金朝奉馬上轉憂為喜道：「不要緊，不要緊！只要是有人下聘，朝廷就不會來點了。」

總之，金朝奉的意思就是希望子文趕緊下聘，完婚的事可以等以後慢慢再說。

子文說：「這到也行，只是我們大家可得講好，婚姻大事不是兒戲，將來不要反悔。」

金朝奉害怕剛剛說好的女婿又飛了，情急之下，立刻賭咒道：「如果反悔，就在咱們台州府堂上受刑！」

子文說：「賭咒發誓到也不必，只是口說無憑，還是請您寫一紙婚約吧。」

金朝奉自然是滿口答應。接著，韓子文要求金朝奉先回去，說他立刻去找兩個好朋友，分別是張四維和李俊卿，在那紙婚約上做見證人，一會兒陪自己一起帶著聘金來到金朝奉的典當行，見金小姐一面，正式下聘。韓子文還要求在下聘之後，能取得一件金小姐的東西，或許是一件衣裳，或是頭髮，讓他帶回去珍藏。韓子文說，這麼一來，才不怕這樁美事後來會變卦。

此時，金朝奉一心急著趕快把這件大事辦好，便說：「何必如此多疑，統統都聽你的就是了，只希望您的動作能夠快一點，我現在就先回去等著。」

走沒幾步，金朝奉還轉頭頻頻說：「拜託您快一點啊！」

稍後，韓子文果真用最快的速度帶著張四維和李俊卿一起來到金家的典當行，金朝奉把女兒朝霞叫出來。朝霞就算沒有傾國傾城之貌，在大多數女子當中仍然稱得上是姿容相當出色的，韓子文一看，心花怒放，再一想到金家是大富之家，更是不免要沾沾自喜，覺得自己實在是太走運了。

金朝奉在婚約上清清楚楚的寫著：「生女朝霞，年十六歲。自幼未曾許聘何人。今有台州府天台縣儒生韓子文禮聘為妻，實出兩願……」

說實話，金朝奉夫妻倆看韓子文帶來的五十兩聘金，心裡雖然不滿意，覺得太少，但一想到這個婚事畢竟是一項權宜之計，同時也是由他們自己提出來的，當然不便表示有什麼不滿，遂還是收了下來，並且依約剪了一縷朝霞的秀髮交給子文。帶著這束秀髮，韓子文便歡天喜地的回去了，心想只等自己再掙一些籌辦婚事的銀子，便可以把如此可人的美嬌娘給娶回家了。而看韓子文突然交上這樣的好運，張四維和李俊卿也都很為子文感到慶幸。

不料，大半年以後的某一天，兩人卻氣呼呼的跑來找韓子文，告訴子文一件令人為之氣結的事。

原來，那金朝奉不是台州本地人，而是徽州人，只是在台州落地生根許久罷了，那天，金朝奉滿臉焦慮的來找張四維和李俊卿，說大事不好，從前當他們還在徽州的時候，其實他曾經把愛女朝霞許給妻弟的兒子，但是去年在「點綉女」之說傳得沸沸揚揚的時候，他有感於遠水救不了近火，著急中只得匆匆把朝霞又許給韓子文，如今妻弟帶著兒子來到台州，得知他把朝霞另外又許給別人，非常生氣，已經把自己給告到衙門裡去了！

「這該如何是好？」

金朝奉可憐巴巴的說，接著又吞吞吐吐的表示希望兩人能夠為自己去向韓子文解釋，懇請韓子文能夠體諒自己的難處，主動退婚，為自己解圍。

張四維和李俊卿一聽，當即認定這肯定是一派胡言，一定是眼看「點綉女」的風波已經平息，金朝奉嫌貧愛富，後悔把朝霞許給韓子文，但又礙於那張白紙黑字的婚約，不好明目張膽的賴婚，於是這才和妻弟串通好合演了這麼一齣苦肉計。

兩人很為子文抱不平，大罵道：「你這個勢利的老傢伙，當初催著韓生下聘的時候，重誓也不知道發過多少，難道現在全忘了？那韓生是一個才子，肯定不會窮到底的！」

挨了一頓臭罵，金朝奉想要分辯，但張四維和李俊卿根本不要聽，馬上就來向子文報告。

子文聽完，氣得說不出話來。張四維和李俊卿簡直比子文還要氣憤，甚至當下就要拉子文去告官，還說要鬧得讓金朝奉的女兒一輩子都嫁不了人，但是子文很快就平靜下來，反過頭來勸兩個好友道：「罷了，有道是『強扭的瓜不甜』，如果人家現在不願聯姻，就算是把他的女兒搶過來，日後也很難和睦，還是就算了吧，只要我發憤圖強，等我發達了，還怕沒有名門望族要來聯姻？這金家說到底也就只是一個富商，又不是什麼大家，有什麼好希罕？況且他有的是銀子，官府自然是站在他那邊，小弟家貧，哪有那個閒錢跟他去打官司？

我看還是勞煩兩位幫忙去跟他說，之前聘金原是五十兩，如果他肯加倍退還，我馬上退婚。」

看子文如此冷靜，張四維和李俊卿也只得幫忙前去傳話。

金朝奉聽了韓子文的要求，立刻喜形於色道：「太好了！只要肯退婚，幾十兩銀子算什麼！」

他當場就取過天平，將兩個元寶一共兌了一百兩交給張四維和李俊卿，並且請他們好人做到底，幫忙再向子文討一封退婚書，並要回朝霞那縷秀髮。

本來這個事情應該就此完結，可是就在眾人包括原告也就是金朝奉的小舅子程元、被告金朝奉，還有韓子文等人一起來到衙門求見吳太守，想要撤銷程元狀告金朝奉悔婚一案的時候，出現了意外。

吳太守為人正直，向來不愛那「貝」字邊的「財」，只愛那沒有「貝」字的「才」，看到堂下韓子文文質彬彬、相貌堂堂，頗有好感，仔細看了一看息詞（按今天的話來說就是「撤訴狀」），產生了一些疑問，因此便把眾人分開詢問，尤其著重在詢問程元和金朝奉兩人當年是在哪一年、什麼地方為兒女訂親？有什麼人可以證明？

吳太守如此認真，令程元、金朝奉這對原告與被告始料不及，結果在很多相關細節的回答都有出入，甚至根本答不上來，破綻百出。

原來，這個官司確實就如張四維和李俊卿所猜測的那樣，是一場苦肉計，目的就是想要悔婚。然而，程元和金朝奉兩人千算萬算、機關算盡，就是沒有

算到吳太守在沒有任何好處的情況之下，居然會挺身為那個窮秀才主持公道。後來，吳太守判程元和金朝奉兩人各打三十大板，韓子文趕緊跪求道：「大人既然為小生作主，成其婚姻，這金朝奉便是小生的

岳父了，不可結了冤仇，還望大人饒恕！」

吳太守准了，對金朝奉說：「看在韓生分上，饒你一半！」

不過，「一半」是十五大板，也夠瞧的了。當初金朝奉曾經信誓旦旦的說，如果反悔，願意「在台州府堂上受刑」，結果真的應驗了。而韓子文當初在下聘之後，曾經找人替自己和朝霞合過八字，得到的結果是「大吉，只是在成婚之前會有些閒氣」，也應驗了。

6 衝動的代價

福善禍淫，昭彰天理。
欲害他人，先傷自己。

在明朝成化年間，發生過這樣一宗離奇的案子。

當事人王生，是浙江溫州府永嘉縣人，娶妻劉氏，夫妻倆的感情相當好，有一個年僅兩歲的女兒。王生雖然是一個儒生，幸虧劉氏勤儉持家，非常賢慧，家境雖不算富裕，但也勉強算得上小康，一家人的生活過得非常和睦。

事情要從某年春天的某一天開始說起。這天，天氣晴朗，風和日麗，很適合出外踏青，王生和幾個朋友出去轉了一圈。一路上大家的興致都很好，有說有笑的玩了一整天，回來的時候還多喝了幾杯，直到喝得薄醉，大夥兒這才心滿意足的散去，各自返家。

剛到家門口，王生看到家僕和一個有些上了年紀的賣薑的小販正在吵吵嚷嚷，皺著眉頭問道：「怎麼回事？在大門口吵什麼？好不懂事！」

那個小販姓呂，湖州人，是一個直性子的人，一看到王生，估計是主人回來了，便朝著王生粗裡粗氣、倚老賣老的嚷嚷道：「我們只是做小生意的，幹麼要欺負我們？相公應該寬宏大量，不應該這麼小家子氣！」

由於酒精作祟，腦門發漲，王生一聽，瞬間就大怒道：「什麼！哪裡來的老東西！如此放肆，居然敢教訓我！」

衝動之下，王生也沒想到會有什麼後果，竟上前兩步，打了幾拳，還推了一把，沒想到那個老漢一推就倒了。看到對方被自己推倒在地，兩眼緊閉，一動不動，王生嚇了一大跳，頓時清醒過來，酒意一下子全沒了，對於自己方才魯莽的舉動十分懊悔，趕緊把老漢扶起來，當下立刻叫家僕把老漢扶進屋內，灌了些茶湯，又一直替他拍背，過了一會兒，老漢總算悠悠醒轉，王生這才鬆了一口氣。

王生知道自己不對，拚命向老漢陪不是，不僅叫家僕拿些酒菜出來招待，還送給老漢一匹值錢的白絹，說是作為補償。見王生認錯的態度這麼誠懇，這個姓呂的小販也就欣然接受，不再追究，謝過之後，就離開了王家，往渡口的方向去了。

王生看小販走了，回想方才小販倒地甚至一度還昏厥的情景，都還覺得冷汗直流。回到房裡告訴妻子，直說：「剛才真是好險！萬一釀出人命，那可就不得了了！」

劉氏一邊寬慰，同時也一邊勸告丈夫以後應該要注意一下自己的火爆脾氣，尤其像今天這樣的事，就算老漢幸而沒事，實在也是有失體面。

這個時候天已經晚了，劉氏叫丫鬟擺上幾樣小菜，又燙了熱酒，為丈夫壓壓驚。

剛剛飲過幾杯，外頭突然傳來一陣陣急促的敲門聲。

這麼晚了，會是誰來了？而且敲門敲得這麼急，直給人一種不安的感覺。夫妻倆趕緊喚家僕去開門，王生並且等不及的也掌燈親自出去察看。

這一看，可真讓他大吃一驚！

來人王生認得，是一個渡頭船家，名叫周四，令王生吃驚的是周四手裡頭

所拿的兩樣東西，一個是白絹，王生一眼就認出這是不久前才送給那個姓呂的老漢的，另一個是竹籃，應該就是老漢用來裝著薑的那個竹籃，這兩樣東西現在怎麼會在周四的手上呢？

王生正惶惑不解，周四揚了一下手裡的白絹和竹籃，冷冷的說：「相公，你闖下大禍了！認得這兩樣東西嗎？」

王生面色如土，不敢說不認得，只得硬著頭皮說：「今天有一個湖州的賣薑老漢到過我家，這兩樣東西都是他的，這白絹是我送給他的，不知道現在為什麼會在你這裡？」

周四死死的盯著王生，沉著臉悶哼一聲道：「今天晚上有一個客人叫我的船過渡，剛出發沒多久，就痰火病大發，很快就不行了，臨死前把這兩樣東西交給我，說他是被相公打壞的，叫我拿這兩樣東西去告官，還要我幫忙去湖州向他家屬報喪，並且叫他家屬前來申冤討命。」

王生目瞪口呆，結結巴巴道：「什麼？怎……怎麼會這樣？他走的時候，人還好好的呀！」

不過，王生也馬上想到，原來這個老漢有病，怪不得才打了他幾下，力道又不是很大，然後再推一下他就昏倒了。

「怎麼？相公不信嗎？」周四反問道，隨即說：「現在他的屍首就在我的船裡，而我的船就停在渡口，相公不信的話就叫個人過去看看好了。」

王生的心裡七上八下，馬上叫了一個家僕過去看看。這個時候已接近

深夜，要在黑夜裡認屍，可想而知是一件非常恐怖的事。僕人在渡口找到周四的船，上去一看，果真看到船艙裡有一具屍首，頓時嚇得腿都快軟了，根本不敢走近去看，趕緊慌慌張張的跑回來報告，說周四所言不假，那個賣薑的老漢真的死了。

這下，王生可真的是嚇壞了，急急忙忙告訴妻子劉氏。劉氏得知丈夫竟然釀下大禍，也非常震驚，有道是人命關天，這可怎麼辦才好呢！

為了消災，兩人迅速商量出一個對策。

王生硬著頭皮回到廳堂對周四說：「事到如今，我也只得老實說了，這個事確實是我做的，但我真的不是故意的，是一時失手，求求你現在一定要幫幫我，就看在我們都是溫州人的分上吧！老鄉不是都該幫老鄉的嗎？你何苦要替一個素不相識的外鄉人報仇？這對你又有什麼好處？」

周四慢悠悠的問道：「那相公的意思是……」

王生低聲說：「請你趁著黑夜把那個屍首載到別處埋了吧，沒有人會知道的。」

「別處？你要我埋到哪裡去？」

「距離這裡沒幾里路就是我父親的墳墓……」

「哦，那裡我認得。」

「那裡很僻靜，尤其現在都這麼晚了，不會有人注意的。」

「我可以按相公的吩咐去做，不過……」周四問道：「相公要怎麼謝我呢？」

王生趕緊從袖子裡拿出二十多兩，塞到周四的手裡。

周四看了一看，很不滿意，冷冷的問道：「一條人命，難道就值這麼一點銀子？」

王生張口結舌，不知道該怎麼辦，「你的意思是……」

「哼，今天這個外地人湊巧死在我的船裡，也是老天爺給我的一場小富貴，一百兩銀子是一定要的，給我一百兩，我馬上把事情給你處理好！」

「一百兩？我……我再試試。」

王生一心只想趕快解決問題，不敢討價還價，只得趕緊回到房裡，又拿了一些現金以及衣裳、首飾之類出來交給周四，然後求情道：「這裡大約有六十金了，家裡貧寒，還望你高抬貴手、包容包容罷。」

這下子周四總算是願意接受了，「罷了罷了，相公是一個讀書人，我們就當是交個朋友吧，就不計較了。」

王生隨即祕密吩咐兩個僕人，叫他們帶著鋤頭等工具，幫著周四一起去處理。這兩個僕人之中，有一個名叫胡阿虎，為人凶狠。此時王生只想著胡阿虎的力氣大，因此叫他參與這件事，沒想到卻為自己日後埋下了後患。

過了幾天，王生看一片平靜，確定事情已經解決了，特別買了些三牲福物之類，拜獻神明和祖宗，並且表達了深深的懺悔。

此後，周四經常上王家來坐坐，每次過來王生總是殷勤款待，生怕有所得罪。又過了一段時間，周四因為手頭寬裕了，也不再做船家，改在鎮上開起了一家店鋪。

這樣過了一年，或許是「濃霜只打無根草，禍來只奔福輕人」，王家又出事了，這回是王生夫婦那三歲的小女兒出起了非常嚴重的痘子，他們到處請醫調治，甚至求神問卜，都沒有用，急得夫婦倆只能整天守在愛女的病床邊，無助的落淚。一天，一個住在他縣的親戚特別來探望，說起他們縣裡有一個神醫，或許會有點辦法，王生夫妻倆一聽，馬上又燃起一線希望。這個縣在三十里之外，王生立刻交代家僕胡阿虎第二天一大早就動身去請，還說家裡會備好午飯等著。

第二天，夫妻倆眼巴巴的等了一整天，都不見胡阿虎帶著神醫回來。又撐了一天以後，小女孩在當天夜裡終於還是走了，夫妻倆悲傷不已。

第三天，胡阿虎回來了，說因為郎中不在家，他苦苦等了一天，這才回來得遲了。王生聽罷垂淚道：「唉，這也是我家女兒的命啊！」

然而，過了幾天，王生無意中從其他家僕那裡知道，原來那位郎中當天根本就沒有出過門，是胡阿虎在去延請神醫的途中不斷飲酒，誤了事以後才謊稱請不到。

得知真相，思念愛女心切的王生勃然大悟，立刻把胡阿虎叫過來質問，並且取出竹片作勢要打，不料胡阿虎竟出口頂撞道：「我又不曾打死過人，至於要這樣對付我嗎？」

王生一聽這話，當下更是氣得發抖，益發的「怒從心中起，惡向膽邊生」，馬上大聲叫進幾個家僕把胡阿虎拖下去，並且下令重重的打他五十多板，直到把胡阿虎打得皮開肉綻，這才恨恨的住手。

胡阿虎一拐一拐的回到房裡，咬牙切齒的想道，你女兒出痘子，本來就是沒得救了，又不是因為我不接郎中才斷送了她的小命，居然這樣對付我？胡阿虎愈想愈氣，決定等自己把傷養好以後，一定要報復。

一個多月以後，有一天，王生正在廳前閒步，一班應捕（也就是「捕快」，有逮捕罪人之責的人）忽然一股腦兒擁進來，一看到王生二話不說就把麻繩往他的頸子上套。王生吃了一驚，大嚷道：「我是一個儒家子弟，怎麼可以這樣侮辱我！」

一名應捕呸了一聲道：「好一個殺人害命的儒家子弟！有什麼話你自己到大爺面前去說吧！」

當時，劉氏與家僕、丫鬟見狀都嚇呆了，但也不敢囉唆，只能就那麼眼睜睜的看著王生狼狽不堪的被拖走。

原來，那胡阿虎被打之後，懷恨在心，向官府舉報了一年前有一個外地人被王生打死的事，甚至還向官府提供了埋屍的地點，別忘了埋屍時他可是在場的啊。官府按胡阿虎說的地點進行挖掘，果然看到一具男屍。

王生就這樣被下了獄，吃盡了苦頭，轉眼在獄裡挨過了半年的光景。由於極度憂愁，悔恨交加，身體日漸衰弱。

這天，劉氏來獄裡探視，王生淚流滿面道：「愚夫不肖，誤傷人命，以致身陷囹圄，連累了賢妻，現在眼看時日無多，對於我自己犯下的過錯，除了懊悔，我沒有話說，但是對於胡阿虎那個惡奴，我就是到了陰曹地府也絕不會饒他的！」

劉氏也流著淚努力寬慰道：「官人不要說這種不吉利的話，請好好寬心調養，人命既是誤傷，又沒有苦主，奴家就算傾家蕩產也一定要想辦法救官人出來！」

講到傷心處，夫妻倆都淚流不止，其實都在擔心今生不知道還有沒有團聚的機會。

稍後，劉氏回家，剛到家門口，就聽到幾個家僕都在大呼小叫「有鬼呀，有鬼呀！」，再仔細一看，門口站了一個人，起初劉氏只看到那人的背影，看不出是誰，可是等到那人一回過身，劉氏也嚇了一大跳，也忍不住「哎呀」一聲尖叫了出來。

怎麼會是他呢？劉氏簡直是不敢相信，頓時大腦亂糟糟的，一片空白。而那老漢認出了劉氏，居然走過來，茫然的問道：「怎麼啦？為什麼大家見了我都像是見了鬼一樣？」

你猜這人是誰？竟然是「死者」，那個在一年前被王生失手打死的賣薑的呂老漢！

這到底是怎麼回事呢？原來，一年前當呂老漢在渡口坐上周四的船以後，因為胸口不舒服，哼哼哎哎的，在周四的詢問下，把之前在王生家發生的事說了一下。說來也巧，正好在這個時候，周四一眼瞥見河裡有一具屍首，想必是失足落水淹死的，頓時心裡就有了一個毒計。

周四先用高價買下老漢的竹籃，還有那匹值錢的白絹，在把老漢送到對岸以後，他趕緊掉轉船頭，撈起水裡那具浮屍，放在自己的船艙裡，用布蓋著，偽裝成是老漢的屍體，這就是王家家僕後來看到的屍體，因為沒敢近看，所以沒發現那根本就不是呂老漢。接著，周四再跑到王家，向王生敲詐。

如果不是呂老漢一年後又來到這裡，而且有感於當年王生道歉的真誠，因而想來看望，王生恐怕至死都不會想到原來自己是被那個歹毒的船家周四所陷害。

真相大白以後，昔日的船家周四和惡奴胡阿虎都受到了懲罰。而王生呢，平安回到家中以後，也吸取這次深刻的教訓，一改往日有些急躁的脾氣，並且閉門苦讀，十年之後，考上了進士。

7 興兒

積善有善報，積惡有惡報。

積善之家，必有餘慶；作惡之家，必有餘殃。

相傳明成祖還未登基，還是燕王的時候，有過一段軼事。

有一天，一個名叫袁柳莊的相士在酒館裡喝酒，遇見一夥軍官，其中有一個軍官，柳莊朝他看了一看，竟然大驚下拜道：「此公乃真命天子也！」那人一聽，連連搖手制止道：「噓！不要胡說！」不過在後來臨走前，此人特別問清了柳莊的姓名和地址。第二天，燕府中有懿旨，要召見相士袁柳莊。柳莊去了，進到燕府，抬頭一看，坐在那兒的人正是昨天在酒館裡叫他不要亂講的軍官。原來此人正是燕王朱棣，昨天是喬裝打扮和幾個護衛出來微服出行。燕王叫柳莊對自己的面相再仔細的看一看，柳莊看後稱賀不已。據說燕王就是在這個時候下定決心要發動政變。

靖難之變過後，燕王登基，酬袁柳莊一個三品京職。後來其子忠徹，得了父蔭為尚寶司承，人人都尊稱為袁尚寶。袁尚寶學會了父親在面相上的所有本事，京師裡的王宮貴卿都喜歡跟他交往，要是有什麼困擾，只要問他，也都是百靈百驗。

這個故事，就從袁尚寶一次偶然的面相開始。

有一個姓王的部郎，因為家裡經常有人生病，十分困擾。這天，袁尚寶來拜訪，閒談間看王部郎面有憂色，主動觀察了一下，然後說：「老先生尊容滯氣，應該是家眷不寧，可是看起來這不是府上的原因，應該是有外來的因素，應該是可以消除的。」

王部郎一聽，立刻求教道：「該如何消除？望請見教。」

這時，剛好有一個小廝進來送茶。袁尚寶對著那小廝看了一看，低聲說了一句「原來如此」，稍後等那小廝退下之後，便開口問道：「剛才那個送茶小童，叫什麼名字？」

王部郎覺得很奇怪，「為什麼要問他？」

袁尚寶斬釘截鐵道：「使府上不寧的，就是這個小童。」

「他？怎麼會呢！」王部郎不敢置信，「小廝姓鄭，名興兒，來我家還不到一年，人很忠厚老實，也很勤快，是一個好幫手，他怎麼會使我們家不寧？」

袁尚寶說：「這個小童的面相就是會妨礙主人，如果讓他待上一年，府上就會折損人口了，豈止是『不寧』而已！」

折損人口？那就是說要死人了？王部郎一聽，心裡頓時咯登一下。

袁尚寶走後，王部郎與妻子說起此事，妻子驚恐莫名，堅持一定要馬上就把興兒給趕走。這麼一來，就算王部郎是一個讀書人，對於面相之說有些半信半疑，現在也沒辦法不滿足妻子的要求，只得把興兒找來，表示了不能再用他的意思。

興兒大驚道：「小的做錯了什麼嗎？」

「你沒做錯什麼，但我們也實在不能再留你……」王部郎坦白告訴興兒，因為袁尚寶說就是因為府裡有興兒，這段時間以來家人才會接二連三的不斷生病。

王部郎還說：「我也是無可奈何，只能先打發你出去，也許等過一段時間看看情況再說吧。」

袁尚寶的大名，興兒也是知道的，既然是人稱相術神通的袁尚寶要主人這麼做，看來事情是絕對沒有轉圜的餘地了。興兒對主人毫不怨怪，只是捨不得，大哭一場，拜倒在地。王部郎的心裡也很難受，但無奈之下也只得狠心強遣了興兒。

說來也怪，自從興兒走了以後，家人就再也不曾有過什麼病痛，非常平安，全家都益發相信袁尚寶的指點果然不假。

兩年多以後的某一天，王部郎在家接到一份手本。（在明清兩代，要去拜訪上司、老師或貴客時所用的帖子，就叫作「手本」。）

手本上寫著：

門下走卒應襲聽用指揮鄭興邦叩見

王部郎接過手本，十分疑惑，「奇怪，『鄭興邦』是誰？為什麼要來見我？」

再看看手本上所寫的「門下走卒」四個字，那應該是在什麼地方見過吧，只是自己現在實在是想不起來了，不過，想想既是一個武官，想必有些來頭，還是見見吧，免得失禮，於是就吩咐「請進」。

不一會兒，鄭興邦進來了，是一個年輕人，一看到王部郎就連忙跪下磕頭。

王部郎吃了一驚，慌忙扶住道：「為什麼行這種大禮，這怎麼敢當！」

年輕人抬起頭，「主人不記得興兒了嗎？」

「興兒？——啊！」

這回，大吃一驚的是王部郎了。是啊，儘管儀表不同，但仔細一看，身材相貌都還看得出興兒的模樣。

「怎麼回事？你怎麼會——」王部郎怎麼也想不通，怎麼短短還不到三年，興兒就完全判若兩人了？

接下來，興兒就把自己如何變成「鄭興邦」的經過解釋給王部郎聽——

話說在兩年多前興兒含悲離開王家以後，一時沒找到新的主人，只得先在一座古廟棲身，日子過得相當艱難。一天，他到附近的茅坑去上廁所，看到壁上掛著一個包裹，拿起來有一點沉，打開一看居然是二十多包銀子！

興兒驚訝得張大了嘴，久久都合不攏，不由得想著，真是造化呀！有這麼多銀子，再也不怕了，就算被主人趕出來也無所謂啦！

不過——他馬上又想：「我本來就是一個窮苦命，才會到人家的家裡去做事，如今說是什麼面相會對主人家不利，平白無故被趕了出來，我怎麼有福氣用這些銀子？再說這一定是有人有什麼要緊事，才會需要用到這麼多銀子，在蹲茅坑的時候掛在壁上，走的時候忘了，如果我就這樣拿走，這不是缺德嗎？搞不好這會事關幾條人命啊！不行，我還是得還給人家才是。」

興兒就這樣抱著包裹，不敢離開茅坑附近，耐心的等候失主回來。一直等到晚上，也沒看到有人來。他放心不下，晚上也睡在茅坑這裡守著。

第二天清早，終於有一個男子神情慌張的來了，衝進茅坑一看，馬上就哀嚎道：「完了，完了！真的不見了！怎麼辦？怎麼辦！回去怎麼交差啊！」

激動之餘，男子還立刻撞牆，懊惱之情溢於言表。興兒趕緊上前拉住他，忙問道：「怎麼回事？」

那人氣急敗壞的說，主人差他帶著銀子去京城辦事，昨天經過這裡，在上廁所的時候把那包銀子順手掛在壁上，後來糊里糊塗竟忘了拿走，現在銀子沒了，主人的事也辦不成了，回去沒法跟主人交代啊！

說到這裡，這人又想去撞牆，大聲嚷著說不想活了。

興兒趕緊說：「老兄別緊張，銀子沒丟，我替你保管著呢。」

那人一聽，大為驚訝，立刻轉憂為喜，笑逐顏開道：「太好了，太好了！小哥如果肯歸還，我就送你一半作為答謝！」

興兒說：「這是什麼話？如果要答謝，那我昨天不乾脆全部拿走就是了！」

那人見只不過是一個小廝，為人處事卻能這麼雍容大度，非常欣賞，便問：「小哥高姓？」

「我姓鄭。」

「鄭？這可巧了，我的主人也姓鄭，河間府人，是個世襲指揮。我姓張，在鄭家做都管，大家都叫我張都管。這樣吧，如果你沒事，不妨跟我走，等我辦完事跟我一起回去，主人一定會好好的獎賞你。」

興兒想想也好啊，就跟著張都管走了。一路上，免不了閒談，張都管問興兒之前都做些什麼，興兒便把因為家貧投靠王家，不久前又因面相被逐的遭遇都說了。這麼一來，張都管對興兒益發敬重，連連說：「原來小哥是在患難之中還能見財不取，這實在是太難得了！」

後來，興兒跟著張都管到了鄭家，張都管把失銀復得的事都原原本本的向主人鄭指揮報告，鄭指揮對興兒也非常誇讚，直說：「真想不到啊，天下竟有如此義氣的人！」

鄭指揮不僅立刻把興兒留了下來，後來更因為自己已經年過六旬，但一直膝下無子，所以還將興兒收為義子，並且為他取名為興邦。

從此，鄭興邦就成了鄭家的小主人。他為人和氣，做事又老成謹慎，鄭府上上下下沒有一個不喜歡他的。

在義父鄭指揮的安排之下，興邦用心學習兵馬之事，做了一個「應襲舍人」，從此大家也都稱呼他為「鄭舍人」。（明代稱應襲衛所職位的武官子弟為「舍人」。）

後來，鄭指揮被調入京營，做「游擊將軍」，要帶著家眷進京，鄭舍人自然是一起前往。

到了京中，鄭舍人騎在高頭駿馬上，看到熟悉的街道，想到兩年多前自己被王家趕出來的情景，真覺得恍若隔世。稍後，得知王部郎此時還在京中，便很想過去探望。鄭舍人是這麼想的，做人不可忘本，以前王部郎及其家人都對自己很好，只不過是因為面相之說才把自己趕走，實在也不能怪他們。

當鄭舍人把自己的想法告訴義父時，義父也非常贊同，直說「貴不忘賤，新不忘舊」，這都是人品高潔的象徵啊，值得嘉許。

在聽了鄭舍人的故事以後，王部郎也嘖嘖稱奇。兩人正在敘舊，一個家僕過來通報，說袁尚寶來拜訪，鄭舍人心血來潮，向王府家僕借來一件舊衣服，稍後待袁尚寶坐定之後，走進來送茶，就像兩年多前那樣。

而袁尚寶呢，對著這個送茶的年輕人看了一看，訝異萬分的問道：「這位是誰？怎麼會在這裡送茶？」

王部郎說：「這是兩年多前被我們趕走的興兒，因為沒有地方去，所以又回到我們這裡來了。」

袁尚寶說：「大人開什麼玩笑，不說以後，光說現在，這個人也是一名武

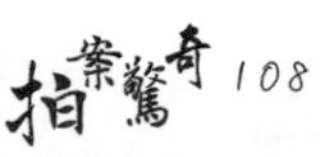

將，怎麼會在貴府打雜？」

王部郎笑道：「老先生還記不記得曾經說他的面相會妨礙主人，害我們家經常有人生病的事？」

一聽這話，袁尚寶想起來了，對著眼前這個年輕人又看了一下，然後笑道：「此君滿面陰德紋起，如果不是曾經救人一命，就是曾經還人貴重之物，所以面相已經變了，今日之貴，就是這個緣故。」

舍人不覺失聲道：「袁爺真神人也！」

接著便把自己在廁中拾金還人，然後認了義父的故事又說了一遍。

翌日，王部郎去拜訪鄭游擊，兩家遂經常往來。鄭舍人日後也做到游擊將軍而終，子孫還得了世蔭。

8 郭七郎

富不必驕，貧不必怨。
要看到頭，眼前不算。

這是一個發生在唐朝的故事。唐僖宗時，江陵（今天湖北境內）有一個人，名叫郭七郎，他的父親是一個非常成功的商人，家財萬貫，由於他是長子，下有一個弟弟和一個妹妹，父親死後，自然是由他當家。

有一個名叫張多寶的商人，跟七郎家周轉了幾萬銀子去京都做生意，一去就是好幾年，毫無音訊，直到乾符初年這筆借款都還遲遲沒有收回來。七郎並不是怕張多寶賴帳，因為他聽說張多寶在京都的生意做得很大，不可能賴帳，只是需要有人專程上京都去收款。一天，七郎心血來潮，打算乾脆自己去一趟京都；久聞京都非常繁華，尤其是漂亮的女子不計其數，如果能借著收款之便，好好的遊一下京都，豈不是兩全其美？

此時七郎還未娶妻，主意打定之後，便吩咐弟弟妹妹一定要在家好好的侍奉老母親，然後帶著幾個僕人就走水路出發了。

七郎從小在江邊和湖邊生長，坐船是家常便飯，甚至還會撐篙搖櫓，手腳還挺麻利。一路上非常順利，不到一日就到了京都。

張多寶在京都的生意果然做得很大，而且來往的對象三教九流都有，什麼都吃得開，是京都的名人，在京都幾乎沒有人不認識他，只是大家都叫他「張多保」，這是因為不管是什麼事，只要找他，沒有辦不成的。

七郎很快便找到了張多寶，而張多寶見到七郎，也非常熱情，還稱呼七郎為兄長，畢竟當初就是靠著郭家借給自己的那一大筆本錢，才有資本在京都打下一片天。為了表達感謝，張多寶不僅盛情款待，還叫來幾個妖嬈的風塵女子助興，七郎被伺候得暈陶陶的，開心極了。

第二天一早，張多寶不等七郎開口，主動連本帶利一算，算清該還給七郎十幾萬，當場就非常爽快的叫人把銀子統統搬了出來交給七郎，並且還頻頻解釋，說因為金額巨大，不放心交給別人運送，而自己又一直很忙，脫不開身，所以才拖到現在，實在是很抱歉，請七郎千萬不要見怪。

七郎自然是不會見怪的，他還想要張多寶幫忙辦事呢。

七郎對張多寶說，難得來一趟京都，又是頭一回到京都，他想多住一段時間再走，因此想請張多寶幫自己尋一個合適的住處。

張多寶說，這還要找什麼？他家的空房間多得是，要七郎就在他家住下就是了，想住多久就住多久。七郎大喜過望，果真就在張家一間大客房住了下來。

這一住，轉眼就是幾年的工夫。七郎成天花天酒地，日子過得好不快活。等到幾年過去，當他猛然發現銀子已經用掉一大半時，這才總算想起該回家了，可是一跟張多寶商量，張多寶說現在王仙芝正到處作亂，很多道路都已經不通了，如果在這個時候帶著那麼多銀子上路，只怕路上會很危險，還是再多逗留一些時日，等時局平靜一些以後再說吧。七郎想想覺得也有道理，便將返家的計畫暫且擱置。

就在這段等待的期間，七郎偶爾聽一個叫作包大的人說，現在朝廷用兵緊急，很缺錢糧，只要納一些銀子就可以有官做，至於官職大小就全看銀子多少。說得七郎頗為心動，便問如果納他數百萬錢，可以做什麼官？包大說，好歹有一個刺史可做。

七郎大驚，「刺史也可以用錢買？」

唐朝的刺史，差不多相當於現在的市長，在一般老百姓的心目中已經是一個很大的官了。

包大說：「現在這個年頭，有什麼不能用錢買？難道你沒聽過有一個人用五百萬買了一個司徒嗎？」

司徒比刺史更大，算是中央級的官員了。

七郎聽得咋舌，包大又說：「如今買一個刺史沒什麼難的，只要能夠打通關節就好，如果你有意，一切都包在我身上。」

七郎確實是有這個意思，不料回頭喜孜孜的跟張多寶一說，張多寶卻表示：「沒錯，現在的確有很多官都是可以花錢買的，在下也幫著居中穿線做成過幾次，只是這樣的事在下不贊成兄長來做。」

七郎猶如當頭被潑了一盆冷水，很是不服的反問道：「為什麼？」

張多寶解釋道：「現在的官不好做啊，如果好做，在下早就做了。那些做得好的，都是因為根基雄厚，也就是親戚滿朝，黨羽四布，這樣官才能愈做愈大，銀子也才能夠愈撈愈多，平常隨便怎麼去剝削小民，貪汙無恥，只要有關係、有人情，包管萬年無事，而兄長不過就是一個人，就算一時弄了一個大官，沒有任何倚仗，也吃不開，沒什麼意思，何況人家知道你這個官是買來的，也不會把你放在眼裡，搞不好只是應付應付你，也許只在任短短一兩個月就隨便找個碴拿掉你的烏紗帽，到那個時候白花花一大筆銀子豈不是就全部都打了水漂？」

但七郎還是固執道：「話不是這麼說，小弟家裡有的是錢，就是沒做過官，想過過官癮，再說如果身邊帶著這麼多錢，回家的路上也不方便，倒不如拿去買個官，就算日後不能靠這個官賺什麼錢也無所謂，反正小弟家裡本來也不希罕這些錢，好歹總算是做過官了，也是一番榮耀。小弟已經決定要這麼做，兄長不要掃興。」

既然如此，張多寶當然立即改口表示，一定會全力相助。

不多久，在張多寶和包大兩人聯手奔走之下，果然為七郎買到一個刺史。

巧合的是，當時正好有一個名叫郭翰的粵西橫州刺史病故，上頭的人收了七郎的錢，就把郭翰的籍貫改注，讓七郎冒名頂替，郭七郎從此改名為郭翰。

得知自己成了橫州刺史，七郎頓時頭重腳輕，歡喜得不得了。知道消息的人也紛紛前來道賀，拚命的拍馬屁，藉此討些好處。

在大吃大喝、風風光光的一番慶祝過後，七郎命人打點行裝，興致勃勃的計畫著要先衣錦還鄉，然後帶著家人一起去走馬上任。在回家的路上，七郎一直得意洋洋的想著，我家那麼有錢，現在又在大郡做了刺史，哈哈，真是富貴雙全哪。

萬萬沒有想到，剛到江陵境內七郎就看到一片怵目驚心的景象。原來這一帶因王仙芝作亂，被攪得面目全非，幸好他們走的是水路，否則道路是根本都認不出來了。七郎慌慌張張的來到自家岸邊，抬頭一看，不由得心中叫苦，原來此時只看到一片瓦礫，那座十分氣派的大宅院早就已經不知去向。同時，房子沒了，人也沒了，七郎焦急的到處尋找老母親和弟弟妹妹，一連找了三、四天，才終於找到老母親，當時老人家是和兩個丫頭寄居在一座古廟旁邊的茅舍之內，非常悽慘。

母親哭著告訴七郎，家裡遭了大難，他的弟弟妹妹都死了，家裡所有營生的東西也都化為烏有。

七郎也跟著大哭一場，然後拭著淚打起精神對母親說：「事已至此，傷心無益，幸虧兒子已得了官，還有榮華富貴的日子在後面，母親還是寬寬心罷。」

母親問：「兒子得了什麼官？」

七郎說：「官也不小，是橫州刺史。」

在把買官的過程向母親報告之後，七郎就叫人把冠帶拿過來穿上，請母親坐好，拜了四拜。身邊一干僕人也都紛紛叫著「太夫人」。母親見此光景，雖然也有些高興，但還是忍不住嘆了一口氣，幽幽的說：「唉，你在外面榮華，怎知家裡窘迫到這個地步，如果不是買這個官，把錢帶回來度日也好啊。」

七郎說：「母親真是女人家見識，只要做了官，還怕以後沒錢？如今哪個做官的家裡不是千萬百萬的？現在既然這裡什麼都沒有了，也沒什麼好留戀的，還是趕緊去橫州赴任，只要做個一、兩年，重新開創家業有什麼難？」

七郎並且向母親保證，身邊還有不少錢，要母親放心。經七郎這麼一說，老母親憂愁的臉上總算出現了一絲笑容，忙問七郎什麼時候可以動身。

其實七郎原本是想衣錦榮歸之後，先娶一個好媳婦再去上任，但是現在看到家裡這種慘況，只得先放下娶媳婦的念頭，也想趕快去橫州，就算早到一天也是好的。

他命人火速雇來一隻往西粵長行的官船，當夜就把老母親從茅舍裡搬到船上。對於吃過一番苦頭的老母親來說，感覺確實就像是苦盡甘來了。

他們用最快的速度收拾好一切，就向著橫州、向著好日子出發了。由於有了期盼，此時母子倆的精神狀態都很不錯。

船隻一路向南前進，過了長沙，入湘江，這天下午來到了永州。州北江邊有一個佛寺，船家看到佛寺附近的岸邊有一棵大樹，樹身要好幾個人牽著手合圍才能抱成一圈，當下就建議在此休息過夜，七郎同意之後，船家就將船的纜繩牢牢的結在樹上。七郎和母親一起走進佛寺，想要隨意看看，眾人則撐起傘蓋跟在後頭。寺僧見是官員，趕忙出來迎接奉茶，隨後並陪同遊覽，十分恭敬和熱情。入夜之後，七郎他們就回到船上休息。

這天，從黃昏時分風就開始呼呼的吹，沒過多久就天昏地暗，風雨大作。船家原本還慶幸是將纜繩繫在大樹上，肯定萬無一失，然而後來風實在是打得太猛，船身不斷搖晃之際又一直強力拉扯著大樹，深夜忽然一聲巨響，大樹竟然就那麼倒了，而且還壓垮了七郎他們的船！

七郎在夜裡驚醒，他從小就知道一些行船的事，緊急關頭也顧不得什麼架子，趕緊衝上前去和船家一起死死的拖住船纜，還轉身急急忙忙把老母親從水裡扶到岸上。當時正是深夜，一片漆黑，寺裡又是山門緊閉，無處叫喚，七郎和母親還有船家三個人只得溼淋淋的擠在一起捶胸頓足，一點辦法也沒有。

到了天明，仔細一看，情況比想像中還要糟，船已經差不多全沉了，所有的人和錢財、東西也沒了，更要命的是就連那張橫州刺史的派令也完全不見蹤影。

受到如此巨大的驚嚇，老母親很快便病倒了。七郎在慌張之餘，強做鎮定安慰著母親說，留得青山在，不怕沒柴燒，當務之急是要趕緊想辦法再弄一張新的派令，等到了橫州做了刺史就好了。老母親眼淚汪汪的說：「就是你做了官，娘也見不著了！」

沒過兩天，老母親果然撒手人寰。七郎又是痛哭一場。萬般無奈之下，七郎只得先去向零陵州州牧求助，總算把老母親給安葬了。但是沒了派令這個事所帶來的後果實在是很嚴重，零陵州的州牧也解決不了，甚至後來在七郎頻頻來請求協助的時候，州牧也沒了耐性，不再理睬。

不僅州牧，就連寺僧以及其他很多人對七郎的態度也都愈來愈惡劣，只有一個店主告訴七郎，如果想要謀生，就得把官架子先丟在一邊，然後好心問七郎會做些什麼？有什麼本事？

七郎說：「我別的本事沒有，就是從前隨父親外出做生意，對於那些行船的事是知道一些的。」

店主高興的說：「這就好了，餓不死你了，我們這裡往來的船隻很多，我可以推薦你去掌舵搖櫓，每天掙個幾貫錢還是可以的。」

七郎儘管很不情願，但是已落到如此走投無路境地的他還能怎麼辦？於是，他就這樣成了一個在江邊討生活的人。說來也怪，當七郎還是橫州刺史那會兒的時候，舉手投足看起來還真有那麼一點官樣，然而後來落魄成在船上營生之後，氣質相貌看起來也就跟一般篙工水手沒什麼區別了。

一些知道七郎故事的人都在私下說，可見世事如浮雲，榮華富貴這些事眼前都算不得數的，還有人說七郎到不了橫州完全是上天的意思，不許他假冒斯文，所以存心跟他作對哪。

9 興娘

生死由來一樣情，豆萁燃豆並根生。
存亡姊妹能相念，可笑鬩牆親兄弟。

元朝大德年間，揚州有一個姓吳的富商，因為曾經做過防禦史之職，所以大家都稱他「吳防禦」。他有兩個女兒，大的叫作興娘，小的叫作慶娘，姊妹倆相差兩歲。

有一個鄰居崔使君，與吳防禦的交情很好。興娘出生那年崔家剛好也有喜事，生了一個兒子，取名叫作興哥。由於兩家向來友好，兩個孩子又剛好同年，當孩子還在襁褓之中，崔使君就提出何不做一個兒女親家，吳防禦欣然同意，於是崔公就以一個金鳳釵作為聘禮。定盟之後沒過多久，崔公就帶著全家到遠方為官去了。

吳家怎麼也沒有想到，崔家這一去竟去了十五年，音訊全無。

這年，興娘已經十九歲，在古代已經算是一個大齡姑娘了。母親見寶貝女兒年紀大了，就對丈夫抱怨道：「崔家興哥一去十五年，什麼消息也沒有，如今興娘已經長成，怎麼可以固執堅守前面的約定而錯過她的青春！」

意思就是要丈夫為女兒另外尋一個婆家，然而，吳防禦堅持「一言已定，千金不移」，怎麼也不同意。其實，不僅吳防禦不同意，興娘自己也不願意，還是一心癡癡的苦等興哥，希望興哥趕快回來迎娶自己。看到母親經常為自己的婚事與父親爭吵，興娘又焦慮又難過，終日鬱鬱寡歡，食欲全無，漸漸的竟臥床不起，過了半年就死了。

興娘的死，給這個家帶來了沉重的打擊，吳防禦夫妻倆和慶娘都哭得呼天搶地。臨入殮的時候，母親手持當年崔家所送的那個金鳳釵，撫屍痛哭道：「這是你夫家的東西，如今你死了，我要了有什麼用，只不過是睹物思情，徒增悲傷，還是跟你一起埋了吧！」

說著，便哭哭啼啼的把那個金鳳釵戴在興娘的髮鬢，然後蓋了棺。三日之後，吳家把興娘安葬在郊外，家裡則設一個靈座，朝夕哭奠。

這樣過了兩個月，興哥忽然來到。吳防禦大為驚訝，忙問：「你這一向都在哪裡啊？令尊令堂都還好嗎？」

崔生告訴吳防禦，父親做了宣德府理官，死在任上，母親也已經亡故了好幾年，這幾年他一直在服喪，現在喪期期滿，他不遠千里特地回來與興娘完婚。

吳防禦聽罷，不由得垂下淚來，「小女興娘薄命，為思念郎君成疾，已經在兩個月前含恨而終，已經安葬了——唉！要是郎君能夠早回來半年，興娘或許還有救——」

話還沒有說完，吳防禦已經泣不成聲。

得知噩耗，崔生呆了半晌，不知道該說些什麼好。雖然長大以後他還從未見過興娘，但是看吳防禦這麼傷心，他也深受感染。這時，防禦又說，雖然興娘的喪事已經辦完了，但是靈位還在，要崔生到興娘的靈前看一下，讓興娘的一縷芳魂知道崔生終究是回來了。

吳防禦就這樣噙著眼淚，一手扯著崔生走進了內室。崔生看見靈座，馬上就拜了下去。吳防禦還激動得拍著桌子哽咽道：「興娘，我的兒啊，你的丈夫來了！」

崔生看到眼前那幅絕色佳人的畫像，也很傷感，在心裡直嘆造化弄人，要是自己能夠早一點回來就好了。

稍後，吳防禦總算平靜下來，對崔生非常真誠的說道：「郎君父母既歿，道路又遠，今天既然來了，就在我家住下來。就算我們做不了翁婿，你總是故人之子，那就像吾子一樣，請不要因為興娘不在了就與我們見外。」

說著，吳防禦就命家僕把門側一個小書房趕緊收拾出來。崔生就這樣在吳家暫且住了下來，吳家對他非常好。

半個月之後，清明節到了，吳防禦因興娘去世不久，率領全家一起去郊外給興娘掃墓，只留崔生一個人在家；按照禮數，崔生畢竟是一個外人，是不合適參加這樣的家族祭掃活動的。

吳家出門了一整天，直到天黑才回來。當時，崔生心想吳防禦一家人差不多該回來了，步出門外等候，遠遠的望見兩頂女轎過來，心想坐在裡頭的自然是吳防禦的妻子和小女慶娘。雖然崔生已經在吳家住了半個月，但在禮數的約束下，至今他還沒有見過慶娘，只知道慶娘今年應該也十七歲了。

兩頂轎子陸續進入，當第二頂轎子經過崔生身邊的時候，崔生忽然聽到「鏗」的一聲，好像是有什麼東西從轎子裡掉了出來，等到轎子一通過，崔生趕緊撿起來一看，原來是一個金鳳釵。崔生知道這是閨中之物，正想要送進去，可是轉眼門已經被關上了。崔生心想吳家人一定是都累了，此時不好去叫門，還是等明天再還吧，於是就把那個金鳳釵帶到自己的書房。

崔生想到自己千里迢迢的回來，本想與興娘成婚，沒想到心願落空，雖然吳防禦夫妻倆都待自己很好，可是這樣下去總不是長遠之計，事實上如今都已經在人家這裡叨擾半個月了……

想著想著，不免很是鬱悶。正在燭下悶坐，考慮未來將何去何從，忽然，聽到有敲門的聲音，聲音很輕，但是在深夜聽來還是很清楚。

「哪一位？」崔生問道。

沒有回應。崔生以為是自己聽錯了，就想上床去睡覺，就在這個時候，敲門聲又響了。

崔生狐疑的前去開門，赫然看到一個十七、八歲相當美貌的女子立在門外，一看到崔生開門，馬上就大大方方的前進，崔生嚇了一跳，不由得倒退了兩步。這一退，女子就進來了。

女子一進屋，就笑容可掬的問道：「郎君不認得我嗎？我就是慶娘呀。」

原來是興娘的妹妹，原本會成為自己的小姨子，崔生一聽，頓時稍稍放下了心，但對於慶娘深夜造訪還是覺得很奇怪。

慶娘說：「剛才回來在進門的時候，聽到我的釵子掉到地上，所以特地來找，不知道郎君有沒有看到？」

「哦，有的有的，我的確撿到了，本來是想明天歸還的。」

說著，崔生就將那個金鳳釵恭恭敬敬的遞給慶娘。慶娘接過來，順手就插在自己的髮鬢上。

崔生滿以為慶娘拿了金鳳釵之後就會走了，萬萬沒想到慶娘接下來竟是媚笑著開口說了些大膽的話，說什麼早知道金鳳釵是被崔生撿到就不急著來找了，現在既然來了乾脆就不走了吧，今天晚上就在這裡過夜吧——

崔生大驚，正色道：「這是什麼話！令尊令堂待小生有如親骨肉，小生怎麼敢胡來，又怎麼敢壞了娘子的清德，娘子還是請回吧！」

慶娘不動，還是繼續說一些挑逗的話，甚至不斷保證不會有人知道的。

「若要人不知，除非己莫為……」崔生還是一個勁兒的拒絕。

慶娘糾纏了半天，見崔生還是不接受，頓時惱羞成怒，竟嚷著要去告訴父親，還要去告官！

崔生見慶娘講得聲色俱厲，非常害怕；他沒想到慶娘居然會如此刁蠻，又想到深更半夜孤男寡女獨處一室確實不妥，如果慶娘真的喊叫起來，那自己就真的跳到黃河也洗不清了。

沒辦法，崔生只得點頭答應了慶娘的要求。這麼一來，慶娘瞬間又笑了。

這天夜裡，慶娘一直在崔生的房裡待到快要天亮才匆匆離去。接下來，慶娘每天晚上都來找崔生。過了一個月，慶娘說，這樣下去不是辦法，乾脆兩人私奔吧。早已對慶娘言聽計從的崔生自然沒有反對。

兩人當夜就悄悄私奔，跑到外地一起生活。兩人的感情相當和睦。

一年之後，慶娘表示想念父母親，想要回家看看。對此要求，崔生十分膽怯，可是慶娘說：「怕什麼，愛子之心，人皆有之，何況現在都過去一年了，我相信父母會原諒我們的。」

既然慶娘如此堅持，崔生也無法拒絕，只好聽妻子的話，雇了一隻船走水路回到揚州。

眼看就快要到吳家了，慶娘叫船家把船停住，然後對崔生說：「我們在外一年，現在突然回來，如果父母既往不咎，一切都好說，可是如果父母在氣頭上不肯接納我們，那事情就麻煩了，不如你一個人先去見見，說得好就來接我，說不好我們就快快離開。」

崔生想想，覺得慶娘說得有道理，只好自己硬著頭皮先去走一遭了。

在崔生上岸之前，慶娘又吩咐他，女子隨人私奔終究不是一件光彩的事，如果家中忌諱因而不承認也是情有可原，要有心理準備。說著，慶娘就將頭上那個金鳳釵拿下來交給崔生，叮嚀道：「如果你覺得情況不對，就把這個釵子給他們看，他們就沒有話說了。」

「還是娘子考慮事情比較周全。」接過金鳳釵，崔生放在袖子裡，就往吳家去了。

吳防禦聽到通報說崔生來了，非常高興，馬上出來迎接，而且還不等崔生開口就急急忙忙的道歉，說一定是因為之前招待不周，讓崔生住不安穩，崔生離去之後，他的心裡一直非常不安，請崔生看在亡父的面子上，不要怪他。

崔生聽了這番話，真是一頭霧水；自己在一年前不辭而別，非常失禮，何況慶娘同時失蹤，這不是很明顯是跟自己跑了嗎？照說吳防禦應該一看到自己就氣急敗壞的大罵一通才是，怎麼會反而還倒過來說什麼要自己不要怪罪？

崔生不知道該怎麼辦，千言萬語一時也不知道該怎麼說，只得噗通一聲跪了下來，連看都不敢看吳防禦一眼，嘴裡只是不住的說：「小婿罪該萬死！」

看崔生磕頭不止，吳防禦又驚又疑，急著問道：「郎君有何罪過啊？」

崔生這才鼓起勇氣說起一年前辜負了吳防禦的信任，和慶娘私奔，今天是特地回來請求老人家原諒的。

吳防禦聽完崔生所述，大為驚駭道：「郎君說的這是什麼話？小女慶娘臥病在床已經一年了，幾乎茶飯不進，稍微動一下都要人扶，從來不曾下過床，私奔的事真是從何說起，你該不是見了鬼了吧！」

見吳防禦斷然否認，崔生心想，慶娘真是有見識，老人家果然是不願意承認女兒與人私奔，便說：「小婿豈敢說謊，慶娘現在就在船上，岳父如果不信，叫人去把她接來就是了。」

吳防禦自然還是冷笑不信，「好，我到要看看是什麼樣的人敢冒充我家慶娘！」

他立刻派了一個家僕過去看看。家僕找到了崔生所說的那隻船，但船上只有船

家一個人，船艙裡空無一人。家僕詢問，船家說：「剛才有一個秀才官人先上岸，留個小娘子在艙中，但是剛才小娘子也上岸去了。」

家僕回來一報告，對於崔生剛才所言，吳防禦當然更是不信，勃然大怒道：「郎君趕快實話實說，到底是誰在冒充小女，壞了小女的名聲！」

見岳父大人動怒，崔生慌了，趕緊從袖裡拿出那個金鳳釵作為憑證。

不料，吳防禦一看到金鳳釵立刻就呆掉了，十分驚懼的問道：「這——這是亡女興娘殯殮時戴在頭上的，是當年你父親所給的聘禮啊，現在怎麼會在你這裡？」

「什麼？」崔生簡直不敢相信。

他一直以為自己從來沒見過這個金鳳釵，畢竟當年下聘的時候自己只不過是一個小孩子，所以他還以為這是慶娘的東西，怎麼也沒想到居然會是興娘的！

吳防禦正想帶著崔生一起去看看躺在床上的慶娘，不料，與此同時，慶娘竟突然翻身而起，像個健健康康的沒事人一樣直衝大廳。

看到慶娘，吳防禦和崔生都吃了一驚。

崔生問：「你是什麼時候進來的？」

吳防禦則是問：「你怎麼突然就好了？」

然而，慶娘卻開口道：「我是興娘——」

「興娘」表示，因為與崔生緣分未了，所以才借妹妹慶娘的身子與崔生共續婚姻。「興娘」還說，如果父母肯原諒他們，接受他們，妹妹慶娘馬上就會好，但是如果父母不同意，那等她走了以後，妹妹慶娘也會死的。

全家人都聽得目瞪口呆。後來，吳防禦夫妻倆自然是同意了愛女的請求，選了一個黃道吉日為慶娘與崔生正式完婚。

10 芙蓉屏

夫妻本是同林鳥，大限來時各自飛。
若是遺珠還合浦，卻教拂拭更生輝。
（「遺珠還合浦」是「合浦珠還」之意，比喻物失而復得，或是人去而復歸。）

元朝至正年間，真州有一個才子，姓崔名英字俊臣，家道富厚，自幼聰明，無論是寫字作畫都相當精通。娶妻王氏，也是一個才女，不僅識字讀書，還會作詩作詞。夫妻倆夫唱婦隨，非常恩愛。

這年七月，俊臣因父蔭得官，補浙江溫州永嘉縣尉。他命人在真州閘邊雇了一個蘇州大船，船家姓顧，表示經常走這條水路，經驗豐富，雙方議定包送到杭州。於是，在一切都處理妥當之後，俊臣就帶著妻子和幾位家僕，以及一大堆的行李，高高興興的出發了。

他們從長江一路進發，來到蘇州一帶的時候，船家說，已經來到他們家門口了，請求俊臣賞賜一些，讓他們買些福物紙錢，祭拜一下江湖之神。俊臣很爽快的答應了。儀式結束以後，船家送了一桌酒菜到船艙裡來，俊臣叫家僕接下擺在桌上，與妻子王氏一起暖酒小酌。俊臣是宦家子弟，社會經驗不足，缺少防人之心，輕忽了「財不露白」的道理，興致一來，竟叫家僕從箱子裡拿出名貴的金銀材質的杯具來用，結果被船家看到了，頓時就起了歹念。

不一會兒，船家假裝好心的來對俊臣說，這裡太鬧，空氣又悶熱，不妨把船移到有樹蔭遮擋的岸邊比較清涼，也比較安靜。王氏見已經入夜，有些猶豫，但興致很高的俊臣卻欣然同意，還感謝船家考慮周到。然而，等船家把船停妥之後，立刻就露出猙獰的面目，提著刀奔進船艙，很快就把幾個家僕給殺了。

大家都驚嚇不已，俊臣夫妻眼看大事不妙，紛紛磕頭討饒道：「有的是東西，都拿去罷，只求饒

命！」

然而，凶狠的船家卻冷冷的說：「東西也要，命也要。」

俊臣夫妻倆都嚇得發抖。這時，船家把刀指著王氏，「你不要慌，我不殺你，可是其他的一個都饒不得！」

王氏聽了，臉色發白。俊臣知道大難臨頭，不可能逃脫，再三哀求道：「可憐我是一個書生，請讓我留一個全屍吧！」

這最後的要求，船家倒是同意了，舉刀朝著俊臣揮舞道：「好吧，我就饒

你一命，快給我滾吧！」

說著，便逼迫著俊臣跳下水去。王氏泣不成聲，俊臣看了王氏一眼以後，默默的就咬牙投了江。

之後，船家果真心狠手辣殺光了其他的人，唯獨留下王氏一個活口，然後告訴王氏，她之所以能夠免死是因為自己有兩個兒子，次子還沒有娶媳婦，因此打算要王氏當他的兒媳婦。船家還說，次子替人撐船到杭州去了，要過一、兩個月才能回來，說等兒子回來以後就與王氏成親。

船家甚至還安慰王氏道：「我們現在是一家人了，你不要怕，好好在這船上待著，我們會對你好的。」

為了保命，王氏不敢反抗，只得假意乖乖做起了惡賊的兒媳婦，船家叫她做什麼，她就做什麼，每天前前後後忙上忙下的料理家務，真像是一個很懂得伺候公公的孝順媳婦。見王氏如此乖巧、如此識時務，船家很滿意，漸漸也就不像剛開始的時候那麼的防備她了。

過了一個多月，王氏眼看船家的兒子就快回來了，心急如焚，但表面上還是一切如常，不動聲色，只是在暗中留意逃跑的機會。

到了八月十五中秋節這一天，船家說要賞月，吩咐王氏準備飯菜，召集親屬和水手在船艙裡吃吃喝喝，王氏一直在旁盡力服侍，看到誰的酒杯裡需要添酒馬上就趕緊斟滿，非常勤快。

終於，到了夜深時分，故意裝睡的王氏看船尾剛巧貼著岸邊停泊，此刻眾人又一個個都喝得酩酊大醉，東倒西歪，早已都進入了夢鄉。

「此時不走，更待何時？」王氏想著，果斷的立即採取行動。

她悄悄起身，輕手輕腳的從船尾那裡跳上了岸，展開期待已久的逃亡。王氏對自己所處的地方並不熟悉，放眼望去四處都是水鄉，就算有一些小路也很不好走，幸虧這天是中秋節，天上的月光正好為她照明。在經過一大片蘆葦時，草深泥滑，王氏幾乎是一步一跌，吃盡了苦頭，但是為了逃離惡人魔掌，她咬著牙在小徑上勉力前進，絲毫不敢停留。

王氏一口氣走了兩三里路，一邊走一邊還時時提心吊膽的回頭張望，生怕惡人追來。一直到天色漸漸亮了，她才略略放下心來。

接下來，就是得找一個安身之處。遙望林木之中，有屋宇露出來，王氏大喜過望，心想「好了好了，有人家了！」，便急急朝那裡走過去。

然而，走到跟前，抬頭一看，發現是一座庵院的模樣，因為此時還是大清早，大門還是緊閉著。

王氏有些遲疑，不敢貿然上前去敲門求助，因為她弄不清裡頭住著的是和尚還是尼姑，惡和尚的事她是聽說過的，王氏想著如果裡頭住的是和尚，那恐怕還是不去敲門得好，否則萬一禍不單行碰到了惡和尚，那豈不是才脫天羅，又羅地網？

於是，她就耐著性子在附近等著，一直等到天色大亮，門開了，看到幾個小尼姑出門彷彿是要去擔水。

「太好了，是一個尼姑庵！」這下王氏總算是放心了，趕緊上前去求援。

稍後，院主接見了王氏，在得知王氏的遭遇之後，很同情她，便收留了她。而因為丈夫已死，王氏儘管自己逃過一劫，但還是感到萬念俱灰，不久甚至就在這座尼姑庵裡落髮為尼，院主為她取了一個法名叫做慧圓。

王氏本來就是大家出身，十分聰慧，很快便把一些經典讀熟了，再加上為人和氣，不僅是院主十分欣賞她，整個尼姑庵裡的夥伴們也都很敬重她。不過，慧圓酷愛安靜，不大喜歡在庵裡露面，沒事總獨自待在自己的房裡靜坐。這樣過了一年多。一天，慧圓無意中在庵裡見到一幅畫，這幅畫是剛剛才被院主裱在一面素屏上的。

慧圓對著這個屏風、其實是對著屏風上那幅畫著芙蓉花的作品仔細的看了又看，然後找到院主，詢問這幅畫是哪裡來的？

院主說，是不久前兩個來燒香的香客捐的。慧圓又問院主認不認識那兩個香客？院主回答，認識啊，就是本縣的人，是一對姓顧的兄弟。

「姓顧？」慧圓對「顧」這個姓氏可是有著一段特殊的記憶啊，她還記得一年多前劫殺他們家的那個船家就是姓顧。

慧圓又打聽這對姓顧的兄弟家裡是做什麼的？院主說，他們原本是船家，一年多前不知道怎麼突然發了，有人說他們是劫掠了客商，但是不是真的也沒人敢說。

聽得慧圓的心裡真是悲憤不已。她問清這對兄弟的姓名，牢牢的記在心裡，希望有一天能將這幾個惡徒繩之以法。

後來，慧圓提筆在這面屏風上寫了一首詞。院裡其他的尼姑看了，都只以為慧圓是在賣弄才情，其實慧圓是藉著這首詞寄託了對丈夫深深的思念……

◎

一年多前那個罪惡的夜晚。惡船家不知道崔俊臣從小生長在江邊，通曉水性，逼他跳江，滿以為俊臣勢必會沉屍江底，當時夜黑風高，聽到俊臣投江的聲音之後，船家也沒再細看，只顧押著王氏以及財物趕緊逃離現場。俊臣在夜色掩護之下，先悄悄躲了起來，等到船家走遠了才敢爬上岸，痛哭了一番，然後跌跌撞撞的找到一戶民家求助。

這家人很好心，讓俊臣換下溼漉漉的衣裳，收留了他一個晚上，第二天一早就對他說，既然是遭盜匪搶劫，而且匪徒還那麼凶殘，傷人性命，建議俊臣趕緊去告官，說著還送給俊臣一點盤纏，催促俊臣趕快動身。俊臣心知肚明這戶人家恐怕也是害怕莫名其妙的被連累，不想與自己有過多的牽扯，因此也不好為難人家，接過人家送的盤纏，再三謝過之後就離開了。

俊臣一路問路，進了城，也告了官，然而，派令沒了，財物也沒了，像他這樣一個拿不出身分證明文件，也拿不出銀子的人，官府根本不重視，在告官之後，俊臣苦苦的等了又等，始終沒有下文。無奈之餘，為了餬口，也為了繼續等待消息，俊臣只好開始在大街上賣起了字畫。

這樣過了一年多。有一天，俊臣手持四幅草書在走街串巷時經過一戶人家，主人正好送客出來，在送客完畢正要返回大門之內的時候，俊臣見主人儀表不俗，就上前詢問要不要看看字畫。

「好啊，拿來看看。」對方馬上就點頭了。

原來這人姓高，原本是一位御史大夫，現在退隱姑蘇城。高公向來最喜歡書畫，再加上看這個兜售的年輕人文質彬彬，甚有好感，當下就接過他手上的作品。一看之下，高公大為欣賞，問這些作品是何人所寫？

年輕人說，是他寫的。這麼一來，高公就更驚訝了，再聽年輕人的口音不像是本地人，就問他姓什麼、名什麼？是哪裡人？

「某姓崔名英，字俊臣——」年輕人才剛剛開口，就不知不覺的垂下淚來。

高公心想，此人一定是有天大的冤屈，便叫他進來說話。稍後在大廳坐定之後，俊臣就把自己的遭遇敘述了一遍，高公非常同情，當下就表示要盡力幫俊臣解決派令的事。只要能夠重新補了派令，俊臣就可望脫離目前的困境，仍然上永嘉去做縣尉。

俊臣十分感激，「這真是太好了，只可惜——」

他想到了王氏，不免非常心痛。就在這時，俊臣忽然看到大廳一角放著一面屏風，屏風上那幅以芙蓉花為主題的畫作看上去怎麼感覺分外熟悉，忍不住湊上前去仔細再看，這一看，俊臣極為震驚，以顫抖的聲音詢問這面屏風是從哪裡來的？

高公回答，就是剛才離開的那個客人送的。那人名叫郭慶春，家道殷實，喜歡結交一些官員士大夫，因為知道高公喜歡書畫，特地送來這面別緻的屏風。

俊臣對著屏風看了又看，淚流不止，同時還一直激動萬分的喃喃著：「難道她還活著？」

俊臣告訴高公，這屏風上的畫作是自己畫的，在一年多前那場大難中被盜匪所劫，可是現在畫作上多了一幅詞，根據詞的內容，尤其是「今生緣已斷，願結再生緣」的句子，以及那娟秀的筆跡，他敢確定這是妻子王氏所寫的。

高公很快就把郭慶春找來，問這面芙蓉屏是從哪裡買來的，郭慶春說是從尼姑庵裡無意中發現到的。高公又問，知不知道屏風上的那幅芙蓉是誰畫的，那首詞又是誰寫的，郭慶春說，畫作出自何人之手他到是不清楚，但聽院主說那首詞是院裡一個尼姑所寫的，因此當自己表示要買這個芙蓉屏的時候，院主還特別徵求過那個尼姑的首肯。

最後，在熱心又有正義感的高公大力相助之下，慧圓還了俗，和俊臣團圓，夫妻倆一塊兒上永嘉去了，而那夥顧家盜匪也受到了官府的嚴懲。

前世冤仇

冤業相報，自古有之。
一作一受，天地無私。

唐朝貞元年間，有一個河朔李生，年少時期血氣方剛，仗著自己臂力過人，經常與一些同樣都是喜歡好勇鬥狠的輕薄少年到處作惡，尤其是入夜之後更是頻繁往來於太行山的山道上，做一些見不得人的勾當，有人說這夥人甚至還會殺人越貨，總之，大家只要是看到他們都會紛紛躲開，生怕萬一哪天運氣不好、得罪了這群惡少就會惹禍上身。

等到李生的年紀稍大了一些，或許是因為家境大為改善，忽然痛改前非，做起了好人，甚至還能靜下心來讀書，並且因為頗善詩歌而名噪一時，累官河朔，後至深州祿事參軍，大家都稱他為李參軍。

李參軍儀表堂堂，口才一流，很有才幹，也很會玩，無論是擊鞠（就是現代的馬球）、下棋、博弈等等都很有一套，再加上為人豪爽，酒量很大，總之，他是所有宴會中最受歡迎的人物，大家都說如果哪個宴會裡沒有李參軍，那就一點意思也沒有。深州太守也很喜歡李參軍，凡是重要的宴會一定要拉著李參軍出席，只要李參軍肯出席，太守的心裡就會像是吃了一顆定心丸似的，放鬆得很。

這天，太守就要求李參軍出席一場重要的宴會。這是為了招待成德軍節度使王武俊的兒子士真所特別舉行的宴會。

王武俊自恃曾經為朝廷出過力，功勞甚大，又兼兵精馬壯，強橫無比，甚至可以說到了不顧法度的地步。屬下那麼多州郡太守，一個個都很怕他，一聽到他的名字就心膽俱驚。其子士真受了父蔭，年紀輕輕就官拜副大使，驕縱異常，仗著父親的勢力，也是一個殺人不眨眼的魔王。因此，可想而知當王武俊派遣兒子士真代替自己來巡行蜀郡的時候，每一郡的太守都是提心吊膽、戰戰兢兢。

當士真來到深州的時候，太守為了要討士真的歡心，竭盡心力的款待，先是親自在郊外恭恭敬敬的迎接，然後把士真接到一所偌大的公館裡安歇，緊接著自然是大擺宴席。太守不敢叫任何人過來，擔心要是有人在無意中惹士真不高興，反而會很難收拾，因此只是自己一家人小心翼翼的陪侍。

士真看太守的態度非常謙恭謹慎，酒肴豐美，禮物隆重，而且沒有什麼雜七雜八的客人敢在他的面前亂晃，心中大喜，對於太守的安排非常滿意，直說這是他此番巡行以來最滿意的招待。

然而，飲酒飲了大半天以後，士真或許畢竟是年輕人，終歸還是比較喜歡熱鬧，便向太守表示，只是他們兩個人對酌總覺得單調了些，要太守最好找一個客人來助興。

在這個節骨眼上，太守能找誰來「擔當大任」呢？自然是李參軍了。

於是，太守立即吩咐：「速請李參軍來！」

不一會兒，李參軍自信滿滿、從容不迫的隨命而來。他知道太守召自己過來是因為王武俊的公子士真來了，太守在這麼重要的場合召自己作陪，實在也是給了自己一個很大的面子啊。李參軍一到，登了堂，望著士真就拜，哪知當他拜完一抬起頭來，士真一看到他，竟然立刻變了臉色，而且還是一副勃然大怒的樣子！

既然是自己叫太守把此人召來，不能不賜坐，士真只得很是勉強的賜李參軍坐下。李參軍呢，也是非常勉強的坐下，因為就在士真看了他神色大變的同時，李參軍在瞬間也是一副驚恐萬狀的模樣，好像恨不得立刻就能拔腿就逃！

李參軍就那樣極不自然的坐在那裡，如坐針氈的感覺非常明顯，額頭甚至還冒出了冷汗，而士真則是握緊了拳頭，兩眼睜得像銅鈴似的，就那麼板著臉一言不發的怒視著李參軍，好像恨不得能夠一口就把李參軍給生吞活剝，跟方才的談笑風生完全是判若兩人。

兩人的異常，太守自然是都看在眼裡，但因為情勢太出乎意料，慌得不知所措。對於士真為何一見到李參軍就如此震怒，太守真是一片茫然，毫無概念，但又不敢問，只得偷眼往李參軍看過去，只見李參軍面色如土，冷汗淋漓，身體顫抖得幾乎快要坐不住，手裡的杯盤更是抖得直響，差一點就要掉下來了。

太守可憐巴巴的瞅著李參軍，指望李參軍能像平常那樣妙語如珠，談笑風生，趕快打破眼前這恐怖的沉默，然而此時李參軍整個人都失魂落魄，看起來所有的機智和風趣都早就已經被丟到爪哇國去了！

這難以理解的一幕，在場服侍的僕人也都看在眼裡，每個人都是一頭霧水，感覺士真的盛怒真是沒頭沒腦，但大家當然是連大氣都不敢出一下，只能就那麼冷眼旁觀。

終於，士真像是再也忍受不了了，暴喝一聲，下令立刻把李參軍給抓起來，丟進大牢！

等到李參軍被拖下去以後，士真冷笑了兩聲，很快的就一掃方才突如其來的怒氣，又顯得興高采烈起來。

這到底是怎麼回事？士真不說，太守自然不敢輕問，只得也裝作像是沒事似的照樣陪著喝酒，一直喝到天明。

對於宴席上所發生的一切，太守百思不得其解，第二天，悄悄叫來幾個昨夜在場的部屬，詢問他們有沒有注意到什麼異常？為什麼士真會一看到李參軍就咬牙切齒到那個地步？依他看來，當時李參軍連話都還沒有開始說，照說實在是不可能在那麼短的時間之內就得罪了士真啊。

結果，大家都說實在是看不出個名堂，這個事實在是太奇怪了。還有人說，恐怕李參軍的心裡多少是有點數吧，要不要派人去獄中問問李參軍？

太守覺得有道理，便祕密派了一個心腹來到獄中悄悄問李參軍，昨天夜裡為什麼副大使會一看到他就如此發怒？

李參軍垂著頭，只是哭泣，什麼也不肯說。太守得到回報以後，益發疑心，心想，李參軍平常是多麼乾淨爽利的一個人，從來不曾見他哭過，怎麼如今會有這麼不尋常的表現？

太守只得親自來到獄中見李參軍。李參軍看太守來了，也終於開口了，第一句話就是：「我是活不成了！」

原來，李參軍當年還是一名橫行於太行山一帶的惡少時，曾經劫殺過一個少年，而士真的容貌竟然和那名少年一模一樣！

「有這種事？」太守半信半疑，「那是多久以前的事？」

李參軍回答：「二十七年前——」

太守一聽，十分震驚，因為士真今年正是二十七歲！

也就是說，如果真有來世今生，那麼當年那個少年一遇害，幾乎立刻就投胎至王家了！

後來，李參軍果然就被士真無緣無故的給砍了腦袋。當然，這個時候太守知道這只是表面上的「無緣無故」，實際上是當年的少年報了血海深仇；儘管士真對前世的事情已不復記憶，但他自己也不知道為什麼一看到李參軍就會如此憤怒，以至於非要殺了李參軍不可。

12

樵夫奇遇

天命從來自有真，豈容奸術恣紛紜？

唐乾符年間，上黨某縣山村中有一個樵夫，名叫侯元，以砍柴賣柴為生，家裡非常貧窮。

有一天，侯元從山中砍柴回來，走到一處谷口，看到一塊很大很大的石頭，簡直有幾間屋那麼大。他停下來休息，不覺自言自語道：「唉，我的命好苦啊，我的命怎麼這麼苦啊——」

沒想到，嘆息還沒結束，那塊大石居然豁然而開，出現一個洞口，緊接著竟然有一個羽衣烏帽的白髮老頭拄著枴杖從裡頭走了出來。

侯元十分驚愕，立刻想到這是遇到神仙了！急急忙忙就趴下去磕頭。

老頭果然是神仙，而且還告訴侯元：「只要學會了我的法術，自能取富，跟我來吧！」

神仙轉身朝洞內走，侯元緊隨其後。一開始洞內還有些狹窄，走了幾十步便廓然清朗，愈走愈寬，就這樣彷彿走到了另外一片天地，一路上都是奇花異草，修竹喬松，又過了一會兒，來到一座氣派華麗的大宅院，神仙推開朱門，帶著侯元在院子裡的一個小亭子坐下。

對於這一切，侯元都是張大著嘴、眼睛一眨也不眨的看著，驚奇無比。

很快的，兩個小童端著豐盛的食物過來請侯元吃，吃完便帶他去沐浴更衣，然後又帶他回到神仙所在的小亭子。

神仙命小童設席於地，命侯元跪下，說：「注意聽好。」

接著就開始上課。神仙教給侯元許多神祕的咒語，大多都是關於一些變化隱祕之術，多達數萬言。說來也怪，侯元原本資質魯鈍，如今對於這些咒語卻是一聽不忘，牢牢的記在心裡。

末了，神仙用告誡的口吻對侯元說：「你是有些小福分，所以才會遇上

我，但是從你面相看來敗氣並未盡除，因此今後行事一定要謹慎，如果圖謀不軌，禍必喪生。」

神仙還叮嚀侯元回去以後要經常複習這些咒語，如果想來見他，只要回到這裡，以至誠的態度叩石，自然就會有人來應門。

侯元再三拜謝之後離去。神仙命一個小童送他出去，等到出了洞口回到林中，侯元回頭一看，哪裡還有什麼小童和洞口，眼前依然是那塊大石頭，其他什麼都沒有，就連自己先前所砍的柴也都不見了。

侯元回到家裡，因為他的服飾整潔華麗，又神采飛揚，與過去完全不同，一開始父母兄弟根本都沒認出是他，等到侯元一開口，家人發現居然是他，無不驚喜萬分，紛紛說：「你去了一年多，我們都以為你早就被山裡的虎狼給吞了，沒想到你還活著！這一年你到底是跑到哪裡去了？又怎麼會變成這個樣子？」

侯元把自己的一番奇遇說了，家人都驚嘆不已。

接下來，侯元按照神仙的吩咐，找到一個僻靜的地方，用心複習那些咒語，不到一個月就已經滾瓜爛熟，可以變化百物，甚至役召鬼魅。又過了一段時間，侯元遇到草木土石，只要對著念念有詞一番，那些木石居然就會變成活生生的步騎甲兵！

侯元的神通之名漸漸傳了出去，而且愈傳愈廣，很快就吸引了很多人都跑來投奔他，侯元也不推辭，就那麼理所當然似的統統都收了下來。後來侯元出入也有旌旗，鳴鼓吹，儼然就像一個小國的諸侯，甚至還自稱「賢聖」，公然設立官爵。

每到初一、十五，侯元都穿戴整齊來到林中叩開石門，謁見教給自己咒語的神仙，神仙對於侯元如此張狂很不以為然，屢屢告誡他，千萬不可稱兵，也就是叫他千萬不可造反，因為那樣的事極為危險，必須是上天答應了才可能成功。可是對於神仙的反覆叮嚀，侯元都只是表面上應付兩句，並沒有真的放在心上。

這樣又過了一段時間，侯元聚兵已經有幾千人了，縣裡的地方官員唯恐侯元造反，更害怕他的妖術，就打了一份報告送到上黨節度使高公那裡，高公看了報告非常重視，立刻下令潞州郡官兵進行武裝掃蕩。

侯元知道了消息，馬上跑去找山中神仙，請教該怎麼應付，神仙很不高興的說：「我不是早就告訴過你不可以圖謀不軌嗎？」

神仙叫侯元馬上偃旗息鼓，千萬不要交戰，這樣官兵看侯元沒有對抗的意思，也就不會輕舉妄動。

對於神仙的意見，侯元口頭上雖然答應，心裡卻很不服氣的想著：「哼，憑我的本事，對付那些傢伙綽綽有餘，有什麼好怕的？而且這次來的只不過是一點小意思，如果我不敢抵擋，以後拿什麼來服眾？還能夠有什麼威信？以後如果大敵壓陣，又該怎麼辦？」

於是，侯元回去之後立即積極布署，決定一戰。

這天夜裡，得知潞兵已經在前方三十里占據了險要之處紮營，侯元就念起咒語，讓潞兵看過來赫然看到滿坑滿谷的士兵，以為敵人人數眾多，心裡不禁都感到非常恐懼。第二天，交戰要開始了，潞兵結了方陣穩步前進，侯元卻只領了一千餘人就直接展開突擊，銳不可當，此時潞兵表現得就更為膽怯。

侯元見狀，更加不把潞兵放在眼裡，再加上自恃法術，認為自己一定是所向無敵，竟然在戰鬥都還沒有結束的情況之下就大剌剌的喝起酒來了。侯元沒想到自己的這些士兵其實不過是些烏合之眾，不習戰陣，毫無紀律，結果侯元一放鬆，大家立刻陣腳大亂，稍後當潞兵趁亂展開追擊時，更是一個個都爭先恐後的落荒而逃！

最後，只剩下侯元一個。他也想逃，但因為這個時候酒性還沒退，腦筋不清楚，情急之下結結巴巴的什麼咒語都念不出來，就這樣被生擒了，然後被押送到上黨，發落在潞州府獄，重枷枷著，還有很多士兵把大牢團團圍住。

可是，就在這麼嚴密的看守之中，侯元居然還是不可思議的逃脫了。天亮以後，獄卒發現大牢裡只剩下空空的枷鎖，侯元似乎早已不見了蹤影。

侯元跑到哪裡去了呢？原來他是用地遁之術逃回山林之中求見神仙，向神仙謝罪。然而到這個時候神仙對侯元已經完全失去了耐性，大怒道：「庸奴！不聽我的話，你就算逃得了一時也終究難逃刑戮，你走吧！你不是我的徒弟！」

說著，神仙就氣沖沖的返回洞內，並且洞門迅速闔上，不管侯元再怎麼誠心請求都再也叩不開這塊大石了。

而也就從這個時候開始，侯元原本爛熟於心的很多咒語忽然都漸漸記不起來了，就算勉強還記得一些，施展起來也遠不如過去那般靈驗。但也不知道是什麼緣故，就算侯元已經沒了神通，那些簇擁著他的人卻還是不肯散去，還是照樣推他為王。侯元在窮途末路之餘，仗恃著人多勢眾，乾脆率領著這些人到處劫掠，又掙扎了一段時日，最終還是被官兵給澈底剿滅。

當初神仙告誡侯元「如果圖謀不軌，禍必喪生」，真是一點也不錯啊。

13 守財奴的故事

從來欠債要還錢，冥府於斯倍灼然。
若使得來非分內，終須有日復還原。

宋朝汴梁曹州有一個窮光蛋，名叫賈仁，幾乎是窮到沒得吃也沒得穿的地步。他沒有什麼謀生的本事，只能幫人家挑挑土、和和泥、築築牆，或是擔水運柴，做一點零工，而且都是出賣苦力，勉強度日，晚間則在一個破窖中將就安身。鄉親父老看他的生活過得如此艱難，都叫他「窮賈兒」。

不過，賈仁對於貧窮並不是安之若素，而是忿忿不平，總想著大家都是人，憑什麼別人就可以吃香的喝辣的，我偏偏就要這麼窮呢！為了擺脫貧窮，賈仁只要一有空就跑到東岳廟中向神明訴苦和祈禱，並且頻頻許願只要日後能夠發達，一定會齋僧布施，好好還願。日子一久，神明果真受到感動，想要為賈仁做一點什麼。

有一天，賈仁又來東岳廟對著神明嘮嘮叨叨，之後就地睡倒在廊簷下。不一會兒，賈仁的魂魄就被神明給攝了過去。

神明問賈仁，為什麼整天這麼的埋天怨地？

「因為我實在是太窮了呀！」賈仁把自己的滿腹苦水又大大傾倒了一番。

神明聽了以後，倒也真的有些同情他，便叫增福神查查賈仁的衣祿食祿，看看能不能酌情為他破例增加一點。

不料，增福神查過之後的回覆竟然是：「此人前生不敬天地，不孝父母，毀僧謗佛，殺生害命，拋撇淨水，作賤五穀，所以今生理當挨餓受凍而死。」

賈仁一聽到自己的前生居然那麼壞、今生又將那麼慘，慌了，馬上一個勁兒拚命哀求道：「不會吧！我爹娘在世的時候，我也是盡力奉養的，爹娘一死，不知道什麼緣故，益發的窮困潦倒，一日不如一日，可儘管這樣，我還是會不時去替爹娘掃墓，為哭奠爹娘不知道流了多少淚，淚珠到現在都沒有乾過，真的，我也是一個行孝的人，不該有如此悲慘的命運！」

神明想了一下，賈仁所說的這番話倒也是實情，平日他就算沒有做什麼其他的善事，窮養父母還是有的，念他一點小孝，或許可以發發慈悲，可是，有道是天不生無祿之人，地不長無名之草，不可能平白無故就改寫他的命運——

於是，神明就問增福神，有沒有別家的福分可以借一點給賈仁，補償他這一點孝心罷。

增福神查了一下，說這附近不遠處有一戶人家，家裡所積的福本來是足夠庇蔭三代，但是最近因為一念之差拆毀了家中佛地，應該折罰，不如就把這家的福分借給賈仁二十年。

神明同意了這個方案，就告訴賈仁，可以讓他嘗嘗做財主的滋味，可是這只是借來的福分，二十年之後還是要歸還的。

什麼叫作「借來的福分」？「福分」不是一種抽象的概念嗎？怎麼還可以歸還？賈仁覺得神明的指示太玄了，不過呢也無心去深究，因為一聽到可以做財主，他就已經高興壞了！

再三磕頭表示感恩之後，賈仁嚷了一聲「我是財主囉！」，興高采烈的走出殿外，看到有一頭非常漂亮的高頭大馬，他向馬背上一躍，一揚馬鞭，馬兒便飛快的跑了起來，而且愈跑愈快、愈跑愈快……

忽然，不知道怎麼搞的，馬兒猛然煞住腿，就把賈仁重重的摔了下來！

就在這時，賈仁醒了，睜眼一瞧，自己還好端端的睡在廟簷下，這才意識到原來只是南柯一夢。

賈仁頓時感到非常的悵然，再一回想夢裡的情景，歷歷在目，感覺真是出奇的真實。

「誰家的福分要借給我啊？就算只借二十年也好啦，我要做財主啊，我想嘗嘗做財主的滋味啊——」賈仁發愣了好一會兒，才滿心失落的嘆道，唉，畢竟只是做夢，哪能這麼當真，還是趕快去做點正經事，否則今天還不知道有沒有東西吃呢！

這時，他想到有一戶大戶人家的僕人叫自己今天幫忙去打一面牆，趕緊跳起來，生怕萬一去得晚了，工作被別人給攬去，那可就糟了。

這是周秀才的家，日前周秀才帶著妻兒一起出門應舉（就是去參加考試），已經有好長一段時間了，負責看家的家僕見主人許久未歸，再加上不久前家裡遭小偷，也怕主人回來以後會怪罪，總之就是不想幹了，可是要離開的話又缺少盤纏，怎麼辦呢？家僕想到後院有一面牆，舊是舊了些，但是還滿結實的，反正現在周家也沒什麼其他值錢的東西可賣，不如就把這面牆拆了，好歹可以把那些磚頭拿去換一點錢。

賈仁來到周家，家僕開了後院的門，把那面牆指給他看，然後就忙其他的事去了。賈仁獨自忙活了起來。剛剛開工，剛剛用鐵鍬扒開一處牆角，拱開石頭，就發現那些泥土稀里嘩啦的往下落，感覺底下好像是空的。賈仁覺得奇怪，把泥土撥開，看到下面有一塊石板，撬起石板，發現這塊石板是用來蓋著

一個石槽，而石槽裡──

天啊！賈仁簡直不敢相信，石槽裡竟然是一塊塊足足像磚塊那麼大的金銀哪！而且數量很多，一時半會兒的根本數不過來。

賈仁先是大吃一驚，之後是非常狂喜，昨晚的夢現在不是應驗了嗎？有了這些銀子，他真的要做財主了！真沒想到神明居然會這麼的靈驗哪！

藉著搬運泥土和磚頭之便，賈仁把這些銀子一趟趟的往外搬。花了兩天的工夫，才總算全部運完，悄悄藏在他棲身的那處寒窖。

突然有了這麼多的錢財，賈仁十分小心，不敢顯露，以免他人起疑。他先買了一所不大的房子住下，然後又神不知、鬼不覺的一趟趟的把藏在寒窖裡的銀子往自己的屋子裡搬，接著，有了資本，他開始做起了小買賣。賈仁似乎還真的有一點做生意的頭腦，不知不覺之間生意就愈做愈大，幾年以後，他不僅大興土木，堂而皇之的蓋起了房廊屋舍，還開了粉房、磨房、油房、酒房等等，生意的觸角很多，規模也都不小，整個就是順風順水，過去嘲謔他「窮賈兒」的人，早就紛紛改口客客氣氣的尊稱他「賈員外」了。

除了立業，賈仁也成了家，然而遺憾的是幾年過去仍然是膝下空虛，沒有子嗣。

此外，也不知道是不是因為早年窮怕了，發財之後的賈仁無論是對別人或是對自己都十分吝嗇，誰跟他要一貫鈔，就像是要挑他一條筋似的，所以大家私底下都叫他「慳（ㄑㄧㄢ）賈兒」（慳，吝嗇的意思。）。

由於家大業大，賈仁請了一個名叫陳德甫的老學究來為自己管帳，專門負責處理那些收錢舉債的事。賈仁經常跟陳德甫說：「唉，你看我有這麼多的家產，偏偏沒有兒女可以繼承，多可惜啊！」後來，除了怨嘆沒有子嗣，賈仁漸漸有了新的想法，決定要收養一個小孩，這樣將來等他們夫妻倆老了、需要有人照顧了、甚至因病痛而躺在床上不能動了，好歹還會有一個可以幫忙端茶遞水的人。於是，賈仁就要陳德甫幫忙尋找一個適合的孩子。陳德甫很把賈仁這番心願放在心上，為了早日完成，他也四處託人，要街坊鄰居都一起幫忙留意。

◎

這年冬天，連著下了好幾日的大雪，就在這樣一個非常嚴寒、眾人幾乎都躲在家裡的冬日，一個酒館的大門被打開，隨即一個人影怯生生的進來，是一個頗為消瘦的男子，身上的衣服明顯過於單薄，一進來就不住瑟瑟的發抖。

見有人進來，店小二趨前問道：「可是來買酒的？」

男子尷尬的回應道：「我哪有錢來買酒啊。」

「不買酒，到我們店裡做啥？」

「這——小生是一個窮秀才，三口兒從外地回來，不想遇到大雪，飢寒交迫，想進來避一避，可以嗎？」

店小二倒也大方，馬上就說：「避避無妨，誰會頂著房子在外頭走哩。」

「多謝哥哥！」男子隨即轉身趕緊叫門外的妻兒也一起進來。

婦人和孩子的衣服也很單薄。店小二看他們一家三口被凍得直發抖，善心一發，就免費給他們倒了酒，讓他們暖暖身子。店小二本來沒給那小男孩，但小男孩看父母都有唯獨自己沒有就哭了起來，店小二這才趕快給孩子也倒了一杯。

小男孩長得眉清目秀，十分討喜，店小二看著看著，突然有了一個念頭。

「這孩子多大了？」店小二問。

男子回答：「七歲。」

「叫什麼名字？」

「長壽。」

店小二又了解了一下男子的情況，知道男子姓周，原本家住曹州曹南村周家莊，幾年前要出門應舉的時候，因為夫妻感情深厚，孩子又還在襁褓之中，捨不得把妻兒放在家裡，便帶著妻兒一起出門，後來科考不順，回到家後又發現家中遭竊，連家僕都跑光了，一個人也找不到，在極為困窘之際，沒有別的辦法，只得一家三口前往洛陽探親，在親戚家暫住了幾年，此番他們就是剛剛才從洛陽回來的。

得知這一家三口的遭遇以後，店小二很是同情，便好心的對周秀才說：「看你這樣艱難，不如把這小的給人，這樣對孩子其實也好。」

意思是說，如果把孩子給了一個好人家，至少孩子的生活就有了保障，不至於會到餐風露宿的地步。

周秀才聽了，重重的嘆了一口氣，「唉，一時找不到什麼人要啊。」

原來周秀才早就有這個想法了。

這時，店小二就說：「我知道有人要，而且還是好人家，你跟娘子商量看看。」

周秀才跟妻子一說，妻子聽了，默默流下了眼淚，點了點頭；她也早就覺得孩子跟著他們實在是太苦了，經常挨餓受凍，真還不如送人要好些。

既然夫妻倆都同意了，店小二說：「這裡有一個大財主，沒有兒女，想要一個小的，我領你們去，不過我得先去找一個人，你們先在這裡坐坐。」

說著，熱心的店小二冒著風雪就出去了。他是要去找陳德甫。之前陳德甫曾經跟不少人都說了賈員外想要收養一個孩子，當時也跟店小二說了，要店小二幫忙留意，因為酒館裡南來北往的人很多，陳德甫心想應該比較有機會找到合適的孩子，現在店小二這不就找到周秀才的兒子了嗎？

陳德甫很快便跟著店小二回來，一看到長壽就很喜歡，直誇「好一個有福相的孩子」，周秀才夫妻倆聽了只是苦笑。

稍後，陳德甫便帶著周秀才一家三口去見賈員外。一進賈員外氣派無比的大宅院，夫妻倆想到陳德甫方才說將來員外偌大的產業都將是小長壽的，頓時幾乎都忘了馬上就會骨肉分離的傷心。

陳德甫向員外報告，找到了一個不錯的孩子，已經帶來了，現在就在門外。

「哦，是什麼人家的？」

「是一個窮秀才的。」

員外說：「秀才到好，可惜是窮的。」

陳德甫說：「員外真會開玩笑，如果是富的，怎麼會來賣兒女？」

「叫他進來看看吧。」

一看之下，員外非常喜歡，「果然是個好孩子！」

趕忙叫妻子來看，妻子也很喜歡。員外對陳德甫說，這個孩子他要了，可是要與孩子的生身父母立一紙文書（就是簽訂一份合約的意思）。

「員外要怎麼寫？」

員外說，就寫「立文書人周某某，因口食不敷，情願將自己親兒過繼給財主賈老員外為兒……」

陳德甫說：「只要寫『員外』就行了，『財主』兩個字不用寫了吧？」

「怎麼能不寫？」員外不同意，「我不是財主，難道還是窮漢？」

「好好好，寫吧，『財主賈老員外』……」

「還有一件要緊事，文書上一定要寫『立約之後，雙方都不許反悔，如有反悔，罰鈔一千貫給不悔之人』……」

見員外提到了錢，陳德甫順勢問道：「那正錢是多少？」

所謂「正錢」，就是周秀才賣兒所得的款項。

員外說：「你別管，照我說的寫就是了，哼，他想要我多少？我堂堂一個財主，就算是從指甲裡彈出來的銀子也夠他吃喝不盡了。」

員外交代完畢，陳德甫出去把員外的意思跟周秀才說了，並且拿了筆墨紙硯要求周秀才寫一份文書。周秀才照辦，寫著寫著，忽然停下來問道：「那正錢是多少？」

陳德甫說：「我剛剛也問了，員外說他可是一個巨富財主，就算是從指甲裡彈出來的銀子也夠你吃喝不盡，看樣子應該是不會少的。」

周秀才想想，說得也是，便乖乖的寫了。

立好文書以後，陳德甫帶著文書、領著小長壽進去，員外看看文書，很是滿意，然後把長壽叫過來，對他說：「以後有人問你姓什麼，你就說姓賈。」

對於方才大人們在做的這一切，七歲的長壽還是有些懂的，但他畢竟只是一個孩子，更何況他也知道父母的困難，知道父母是迫不得已，可儘管這樣，還是固執的說：「我姓周。」

員外的妻子在旁哄著說：「好兒子，明天就做一件又暖又漂亮的大紅袍給你穿，有人問你的姓，你就說姓賈。」

長壽還是說：「就算穿大紅袍，我也只是姓周。」

員外聽了，不覺有些變了臉色，妻子趕緊安撫道：「算了算了，畢竟只是一個小孩子，慢慢來。」

員外仍然滿心的不快。這時，陳德甫過來，說周秀才想走了。

員外說：「要走就讓他走吧。」

「可是，他還沒拿到恩養錢啊？」

所謂「恩養錢」，就是指賣兒的費用，說得比較委婉而已。

沒想到，員外居然說：

「什麼恩養錢？——哦，那就讓他隨意給一點就行了。」

陳德甫吃了一驚，「員外不是開玩笑罷！怎麼會是他要給員外恩養錢呢？」

「開什麼玩笑？我沒開玩笑，他因為養不活兒子，才把兒子過繼給我，以後這孩子在我家吃飯，還要穿大紅袍，這些都要錢，所以當然應該是他要給我恩養錢！」

陳德甫急了，他萬萬沒有想到員外居然會這麼一本正經的扯皮！

「員外啊，人家那麼辛辛苦苦的養著這個孩子，好歹也養到七歲了，如果不是實在太窮，怎麼會捨得賣掉？現在他們夫妻倆一定還等著這筆錢用，您怎麼能這麼耍人呢！」

「哼，已經立過文書，由不得他了！」

「員外的意思是——」

「文書上不是清清楚楚的寫著，如果反悔，要罰錢一千貫給不悔之人嗎？」

陳德甫大驚失色，這才意識到自己和那周秀才都是些迂儒，哪裡鬥得過像賈員外這樣的奸商！

陳德甫當下也有些氣不過，正色說道：「員外別這樣胡攪蠻纏了，還是趕快給人家一筆正錢，這才是一個道理！」

員外瞪了陳德甫一眼，「哼，算了算了，看在你的面子上，就給他一貫鈔罷。」

與此同時，等在外頭的周秀才正在安慰哭哭啼啼的妻子，「別難過了，以後長壽有好日子過了，我們應該為他感到高興才是啊——」

正說著，陳德甫垂頭喪氣的出來了，表情還很怪異，那是一種夾雜著憤怒、無奈與歉疚的神情；陳德甫之所以感到歉疚，是因為周秀才一家是他帶來的，沒想到現在卻被賈員外給坑了，陳德甫感覺很對不起周秀才。

當周秀才夫妻倆得知這個巨富財主竟然只肯花一貫鈔來買長壽，都不敢相信，直說：「一貫鈔連買一個泥娃娃都買不了啊，何況我們是萬不得已才會賣自己的親兒！」

陳德甫把這話又進去跟員外說了。但是，周秀才夫妻倆又等了好一會兒，才看到陳德甫出來，一臉喪氣的說：「員外說，泥娃娃又不要吃飯，也不要穿衣，我好說歹說員外只肯再加一貫鈔。」

周秀才大怒，「那我們不賣了！」

「可是——這也不成——」

陳德甫吞吞吐吐的把文書上的陷阱說了，周秀才這才明白自己是上了大當，頓時目瞪口呆，妻子則憤慨得大哭起來。

「都是我不好，要是我不帶你們過來就好了……」

陳德甫不住的道歉，但也向周秀才表示，員外夫妻倆看起來倒是真心很喜歡孩子，孩子待在這裡，以後肯定會過得很好，這總是一件值得欣慰的事。陳德甫還說，由於內心不安，他特別向員外支了兩個月的館錢（也就是薪水），湊成四貫，送給周秀才。

「我們沒有道理為難先生啊。」

周秀才感念陳德甫的善心，為了避免讓居中調節的陳德甫為難，對於上當之事也只得咬咬牙認了。

於是，陳德甫把小長壽帶出來，讓他跟親爹親娘告別。一家人抱頭痛哭，十分淒涼。

周秀才哭著對兒子說：「爹娘無奈，賣了你，但你在此今後至少免受飢寒交迫之苦，以後我們會想辦法來看你的……」

小長壽似懂非懂，什麼也說不出來，只是一個勁兒的抱著爹娘不住的哭。

從此，長壽就成了「賈長壽」。來到賈家的時候畢竟年紀還小，再加上員外夫妻倆確實是對他視如己出，寵愛有加，還交代家裡所有的人都不許跟長壽提起小時候過繼的事，更嚴密防止周秀才那裡會捎來什麼消息，不願長壽還跟親生父母有什麼往來，時間久了，長壽對小時候的事也就自然而然的淡忘了，只認員外夫妻為自己的雙親。

長壽就這樣在一個非常優渥的環境中長大。與父親不同的是，他的父親是「一文不使，半文不用」，是一個地地道道的守財奴，可是長壽花起錢來卻是痛快得不得了，以至於大家都叫他「錢舍」。

這年三月二十七日，年輕的長壽帶著僕人來東岳廟燒香。這個時候，母親已經亡故了，父親又病得不輕，長壽是特地來為父親燒香祈福的。

由於第二天就是東岳聖帝誕辰，廟裡人山人海，祈福儀式完畢以後，長壽想找個地方休息一下，家僕就找到一個長廊，覺得那裡非常理想，然而那裡卻被一對老夫妻占著，老頭八成是一個什麼窮秀才，正在為人寫「疏頭」，掙點小錢。（「疏頭」就是一種向鬼神祈福的祝文，古時很多人都是文盲，所以在燒香拜佛的時候需要有人幫忙寫這樣的祝文。）

家僕十分無禮的上前就想趕走老夫妻，說他們家少爺要在這裡休息。老頭不讓，說這裡是廟官特別幫自己安排的。家僕凶巴巴的嚷嚷著：「什麼東西！叫你滾還不快滾！還敢跟我們搶！難道你們沒聽過『錢舍』的大名嗎？」

老頭說：「是沒聽過，我就不讓！」

兩人的爭吵很快便驚動了廟官，廟官也是一個勢利的人，本來還說凡事都有個先來後到，認為賈家的家僕不該強行要把老秀才趕走，但當家僕隨後拿出錢來塞給廟官，表示少爺就是想在這裡休息之後，廟官馬上又改口要老夫婦讓讓。老頭自然是十分氣憤，但也無可奈何，只能忍氣吞聲的讓開。

就在這天，長壽一回到家才發現父親已經死了。緊接著，他就成了小員外，手握龐大的家產。

◎

話說那個在廟裡被賈家欺負的老頭原來正是周秀才。當年在賣了兒子以後，夫婦倆想到外地去投奔親戚，但始終沒有著落，就這麼在外流落了十幾年，最近因為思念愛兒，想要打聽愛兒的消息，兩人幾乎是一路乞討好不容易才回到這裡。那天剛巧經過東岳廟，心想一定會有人想要寫疏頭，就去央求廟官讓自己在這裡賺個幾文，沒想到後來會發生那麼不愉快的事。

過了幾天，周秀才到了曹南村，想去打聽賈家的事，但是因為離開這裡許久，連路都不認得了，夫妻倆只得在街上一路慢慢的問。忽然，老妻害起心疼，焦急中看到一家藥鋪，上面寫著「施藥」，意思就是免費送藥給需要的人，老闆想必是一個善心人士，便趕緊上前去求來一些藥，老妻服下之後不久果然好了。夫妻倆對藥鋪老闆再三表示感謝，交談間雙方都覺得對方有些面善，好像在哪兒見過，一問姓名，周秀才才知道原來眼前這個好心的老闆就是當年幫他們牽線賣兒的陳德甫！

陳德甫得知原來是周秀才夫妻倆，也非常意外，立刻就告訴他們，賈老員外夫妻倆都已經死了，小員外也已經長大成人，而且平時還頗仗義疏財，自己這家藥鋪所有施藥的本錢都是他出的。

說著，陳德甫要周秀才夫妻倆先在店裡坐坐，自己則非常熱心的跑去告訴賈長壽，說他的親生爹娘來了。

聽了陳德甫的敘述，兒時的情景瞬間一幕幕的閃過，長壽依稀記起了一些，急著就要去認爹娘。

一見之下，長壽立刻就愣住了，原來親生爹娘就是日前在東岳廟裡跟自家家僕起了衝突的那對老夫妻啊！

周秀才夫妻倆看到長壽，也認出來了，「你就是那個『錢舍』？」

長壽急急忙忙的說：「請爹娘恕罪！」

為了表示歉意，長壽馬上叫身邊的家僕回去取一匣金銀來，想跟爹娘賠個不是。周秀才原本不肯要，說「自家兒子，哪有受他金銀賠禮的道理？」，但是長壽跪下道：「若爹娘不受，兒子心裡不安，望爹娘將就包容吧！」

既然長壽如此堅持，周秀才只得勉強收下，打開一看，大為震驚，顫抖著說：「這不是我們自家的東西嗎？」

原來，銀子上一個個都清清楚楚的鑿著「周奉記」的字樣。

周秀才說：「我祖公叫周奉，這都是他鑿字記下的……」

陳德甫接過來一看，也感到非常驚異，「既然是你家的東西，怎麼會在賈家？」

周秀才說，二十年前他帶著妻兒一起外出應試，把祖上之物祕密埋在地下，可是等到回來以後赫然發現全部都不見了，以至於後來一貧如洗，甚至還因此賣了兒子。想起這些悽慘的往事，周秀才夫妻倆傷心不已。

陳德甫說：「難怪難怪！賈老員外原來是一個窮鬼，後來不知道怎麼搞的突然發了財，現在想來一定是在無意中挖到了你家的東西，沒想到後來因為沒有兒女，過繼著你家兒子，讓你兒子承領了家產，現在物歸原主，豈非天意！」

眾人都為這離奇的經過嘖嘖驚嘆，大家甚至還說難怪賈老員外在有錢以後還是那麼吝嗇，原來這些財富根本就不是他的，他這個守財奴只不過是幫著周家暫時看著而已。

眾人不知道的是，這是因為賈老員外、也就是從前的賈仁，向周家借了二十年的福分。

周秀才從匣中拿出兩錠銀子送給陳德甫，報答陳德甫當年兩貫錢的心意。除了陳德甫，周秀才還念著當年那個好心的店小二，給自己一家人免費的溫酒。其實店小二早就把這件小事給忘了，如今拿到周秀才贈與的一錠銀子，自然也非常驚喜。

長壽把雙親接了同住，從此他又成了周長壽。周秀才把匣中的銀子統統都拿去送給那些貧窮的人，他說自己飽嘗貧窮的滋味，現在有能力幫助他人的時候一定要盡力，也算是為後代積福。

14 三拆仙書

人生凡事有前期，尤是功名難強為。
多少英雄埋沒殺，只因莫與指途迷。

唐朝的時候，有一個江陵副使李君，在他少年時期遇到過一位仙人。

那年，他從洛陽赴長安去應舉，經過華陰道途中，下店歇宿。當時店裡的人很多，李君注意到有一個一身白衣的男子，骨秀神清，舉止脫俗，不免多看了幾眼，而愈看就愈覺得此人一定不是等閒之輩。稍後，李君就把位置朝白衣人挪近，主動和他攀談起來，很快就發現白衣人彷彿什麼都知道，不管是問他什麼問題，都能對答如流，李君非常佩服白衣人的學識和見識，客客氣氣的約白衣人翌日一起同行，白衣人微笑的答應了。

第二天，兩人果真一路同行，邊走邊聊，李君對白衣人益發的敬重，就大著膽子向白衣人表示了想要與他結拜為兄弟的想法，然後請教白衣人的姓名和年歲，說這樣以後才好稱呼。

白衣人說：「我沒有姓名，也沒有年歲，你以兄稱我，並以對待兄長的態度待我就可以了。」

儘管李君覺得白衣人的回答聽起來很玄，但也沒有追問，就按照白衣人所言，當下結拜為兄弟。

兩人同行了一天，到了晚上，白衣人告訴李君，他平常都隱居在西岳，此番偶然出行，承蒙李君如此看重，本想多陪陪李君，可惜因為第二天就要到別的地方去，不能再奉陪，很是遺憾。李君深感白衣人不凡，趕緊把握機會請白衣人為自己的人生指點一二。

白衣人考慮了一會兒，問李君想不想知道未來會發生哪些大事？

李君說，當然想知道，尤其是如果能夠預知未來，不就可以趨吉避凶了嗎？

白衣人說：「仙機不可洩漏，這樣吧，我寫三封信給你，但是現在都先封起來，日後當你碰到大事的時候，只要打開來，一次打開一封，自有應驗。」

李君聽了，十分困惑，「那怎麼知道碰到的是足以打開信封的大事呢？」

白衣人神祕一笑，淡淡的說：「到時候你自然就會知道。凡人功名富貴雖自有定數，但我還是可以盡量為你指引，周全你的富貴。」

說著，白衣人就取出紙筆，在月下寫了三封信，也不知道寫些什麼，李君只看到白衣人寫好以後，分別摺做三個柬，再分別裝進三個信封裡，然後非常鄭重其事的交給李君，叮嚀道：「這三封信我已按順序排好，關係到你一生三件要緊的事，你帶在身邊放好，等到遇到大事的時候再依次打開，就可以得到指示。記住，一定要碰到要緊事的時候才可以打開，否則隨隨便便的打開是得不到什麼幫助的。」

李君再三表示了由衷的感謝，以無比莊重的態度領受了這三封信，然後就珍藏起來。

第二天，李君依依不捨的告別了白衣人，獨自繼續前行。

到了長安以後，李君就投入了考試。考試的結果很不理想。李君既不甘心也不服氣，繼續應考。

當年他的父親還在世的時候是松滋令，原本家境還算不錯，幾年前父親為了求升遷來到京城，沒想到後來卻病死他鄉，帶去的銀子也不見了。自父親過世之後，家道中落，一日比一日蕭條，此番李君來京城應考，在出發之前就已經暗暗發下重誓一定要金榜題名，重整家業，不中不歸。

然而，在李君一連應過五六舉都只是「下第」，盤纏也都已經差不多用盡的時候，李君就陷入到一個進退兩難的境地；如果要在京城住下，等待下一次考試，房租伙食等生活費都又沒有著落，在這偌大的京城哪有他的容身之處？而就算想把考試的事情暫且擱置，先回家再說，路費也是一個擺在眼前非常實際的問題，該怎麼辦呢？

正在李君焦急萬分的時候，猛然想到，對了！仙兄不是幫我寫了三封信嗎？而且交代我碰到大事的時候依次打開，現在可不就是大事？不妨趕緊打開，看看仙兄有什麼高明的指示。

為了表示自己的誠心，李君還很沉得住氣，沒有立刻打開，而是在這天夜裡先齋戒沐浴，翌日清晨又焚香一爐，再拜禱告：「弟子只因窮困，敢開仙兄第一封信，指望仙兄指點迷津。」

禱告結束，恭恭敬敬的拿出第一封信，拆開之後發現裡頭還有一個比較小的信封，信封上寫著：

某年某月某日，因窮困無資可用，開第一封。

李君大為驚訝，心想，真是神仙呀！居然連我今天為了什麼原因想要開第一封信都知道！

這麼一來，他就更有信心了，深信裡頭的指示必然可以為自己解決眼前的困難。

然而，打開一看，裡頭卻只有短短的一行字：

可青龍寺門前坐。

這是什麼意思啊？李君真是一頭霧水。

打聽一下，郊外確實有一座青龍寺，距離京城大約有五十里路，還滿遠的。

去不去呢？李君沒有考慮太久，抱著一種「死馬當活馬醫」的念頭，決定過去看看。此時身邊已經沒什麼銀子的李君，趕快用最便宜的價錢找到一頭老驢就出發了。辛苦一整天，趕到青龍寺的時候都已經是傍晚了。李君按照仙書上的指示，在寺前門檻上坐了下來。

坐了好一會兒，什麼動靜也沒有，眼看天色漸漸暗了下來，李君著急起來，忍不住想著，真是的，就這樣呆呆的坐在這裡能解決眼前的困難嗎？能有銀子嗎？哎，現在別說銀子了，今天晚上能有個歇宿的地方就不錯了！

就在惶惑之際，兩個和尚過來要關前門，看到李君坐在門前，年長的那個和尚就問他為什麼會坐在這裡？李君說，因為是從京城過來的，驢子累了，眼看今晚是趕不回去了，所以想在這裡過夜。老和尚說，門外風寒，怎麼可以在這裡過夜，還是進來罷。李君本來還不好意思打擾，但在老和尚再三堅持之下，只得接受他們的好意，牽著老驢隨他們走進寺內。

老和尚見李君是一個讀書人，分外熱情，主動烹茶，又送來晚餐，不敢怠慢。

席間，李君發現老和尚好像老是在打量著自己，覺得頗為納悶。終於，老和尚開口問道：「郎君認識松滋李長官嗎？」

李君回答：「正是先父。」

老和尚一聽，頓時流下激動的眼淚，「啊，原來如此！原來就是令尊，怪不得我就感覺長得好像！」

「您見過先父？」

「是啊！老僧一直盼望能夠把事情解決，如今總算能夠如願，真是萬幸！」

原來，當年李君的父親來京城求官的時候，曾經把兩千貫寄存在老和尚這裡，後來李父突然意外亡故，什麼都沒來得及交代，老和尚也不知道該怎麼處理這筆銀子，只能繼續代為保管，現在碰到了李君，當然就可以交還給李君了。

有了這一大筆銀子，李君不僅在長安買了房子，成了京城的富人，還娶了媳婦。他本來就出身不錯，以前人家只是嫌他不夠富裕，如今他富有了，前來

說媒的人自然也就多了。

成家之後，李君的生活過得還滿不錯的，唯一不如意的就只是科舉不順。其實很多人早就告訴過他，科舉之事有很多內情，很複雜，甚至有很多人都言之鑿鑿的說，那些能夠金榜題名的人都需要有銀子先打點好，否則就算你天縱英明只怕也是一輩子都考不上。但李君仗恃著自己才情不凡，又沒有經濟壓力，不需要急著另謀其他營生，所以不信邪，還是把一門心思都放在應舉上。

不過，一考再考總是沒有辦法取得佳績，妻子覺得圖他一官半職的榮貴眼看就要落空，有時說話也不好聽，李君也開始有些急了。

特別是當幾年過去，到了已經是十次失敗的這一年，李君對未來澈底的感到茫然——這樣再熬下去好像不是辦法，真的還要再考下去嗎？

就在這時，他想到應該是到了拆第二封仙書的時候了。

主意打定，李君還是先齋戒沐浴，以示誠心，等到第二天早上再打開第二封信。

和上次一樣，打開外封之後，裡頭還有一個比較小的信封，上面寫著：

某年某月某日，以將罷舉，開第二封。

「以將罷舉？」李君大喜，心想，居然真的知道我正在猶豫往後到底還要不要考，而且打開第二封仙書的日期也絲毫不差，真是太準了！

李君深信，這同時也意味著仙書中的指示必然也會是極為有用的。

然而，打開看過之後，他卻和上次一樣的一頭霧水。

裡頭還是只有短短的一句話：

可西市鞦轡行頭坐。

這是什麼意思？李君當下覺得這簡直是有一點牛頭不對馬嘴，因為他只是想問到底還應不應該再堅持下去、再考下去，怎麼會叫他「西市鞦轡行頭坐」呢？

但是，想到上回按照仙書的指示果真解決了難題的奇蹟，李君決定這回也還是就按照仙書的指示去做，看看接下來會發生什麼。

李君依言，一直來到一個大酒店。進去之後，店主看到是一個讀書人，說樓上有比較安靜的房間，就把李君往樓上帶。李君在樓上一個房間裡坐定之後，無意中發現這個房間的地板有一個洞，不久，他就從這個洞裡看到以及聽到了一件關於明年科舉的事。

原來，有一個人的叔父是明年科舉的主考官，有一個舉人約這人今天在此碰面，想請這人從中牽線，付一千貫「好處費」，交換明年科舉的好成績，結果也不知道那個舉人是因為膽怯，還是因為籌不到一千貫，居然爽約沒來。李君在意外得到這個情報以後，考慮了一會兒，趕緊跑下樓做同樣的要求。雙方一拍即合，還約好等到翌年李君及第以後再付清那一千貫。

第二年，李君果真金榜題名。他本來就有才情，花那一千貫等於是為自己排除了障礙。

得第授官之後，李君想到自己的富貴功名都是多虧仙兄指點，記得仙兄說過平時是住在華陰西岳，於是差人到那裡到處尋訪，想要尋找仙兄，一方面想要當面表示感謝，另一方面也想要更深入的再多請教一下。他還特別形容仙兄應該是一身白衣，但是派去的人找了很久，都沒有白衣人的行蹤，李君只得算了。

後來，李君的仕途相當順遂，生活也很如意，沒再碰到過什麼大事或急事，那第三封仙書就一直沒拆。一直到他官至江陵副使，一天，忽然覺得心痛如絞，並且在很短的時間之內昏厥了幾次，在最後一次甦醒之後，李君眼看這病來得這麼猛，想起遲遲未拆的第三封仙書，便叫妻子代自己齋戒沐浴，第二天來拆。因為此時李君已經病得下不了床，沒辦法親自表示誠心，只能叫妻子代勞。

第二天，第三封仙書終於被拆開了，和前兩次一樣，裡頭還有一個比較小的信封，上面寫著：

某年某月某日，江陵副使忽患心痛，開第三封。

妻子很高興，因為拆仙書的日期和緣由都十分準確，裡頭想必也有解救之道。

匆匆忙忙打開一看，這回的指示只有區區五個字：

可處置家事。

意思就是「可以交代後事了」，那也就是說李君沒得救了！妻子一看，當場放聲大哭。李君知道以後，倒是非常平靜，還一再寬慰家人，一切都是命定，有什麼好哭的？

他還說：「我一生應舉，真才卻不能及第，還要等到一個好時機，方得成名，可見天下事大約都是老早以前就已經統統都安排好，強求不得的。」

接下來，李君就按照仙書上的指示，一一安排了後事。兩天之後，含笑而亡。

國家圖書館出版品預行編目資料

拍案驚奇／管家琪改寫；蔡嘉驊圖. --初版 .
--台北市：幼獅，2014.11
面；公分. --（故事館；31）
ISBN 978-957-574-975-0（平裝）

859.6　　　103019007

・故事館 031・

拍案驚奇

原　　著＝凌濛初
改　　寫＝管家琪
繪　　圖＝蔡嘉驊
出 版 者＝幼獅文化事業股份有限公司
發 行 人＝李鍾桂
總 經 理＝王華金
總 編 輯＝劉淑華
主　　編＝林泊瑜
編　　輯＝周雅娣
美術編輯＝吳巧韻
總 公 司＝10045台北市重慶南路1段66-1號3樓
電　　話＝(02)2311-2832
傳　　真＝(02)2311-5368
郵政劃撥＝00033368

門市
・松江展示中心：10422台北市松江路219號
電話：(02)2502-5858轉734傳真：(02)2503-6601
・苗栗育達店：36143苗栗縣造橋鄉談文村學府路168號（育達科技大學內）
電話：(037)652-191傳真：(037)652-251

印刷＝崇寶彩藝印刷股份有限公司
定價＝250元
港幣＝83元
初版＝2014.11
書號＝987226

幼獅樂讀網
http://www.youth.com.tw
e-mail:customer@youth.com.tw

行政院新聞局核准登記證局版台業字第0143號